御苑筆姫物語

喜咲冬子

もくじ

序　瑠璃園物語

——なんと美しい女性《にょしょう》か。
『瑠璃園物語《るりえんものがたり》』は、貴公子が一人の采女《さいじょ》を見初めるところから始まる。
時は春。観桜《かんおう》の宴にて。
美しい貴公子は舟遊びの最中に、臈《ろう》たけた采女と出会うのだ。
絢爛《けんらん》豪華な宮中絵巻。古今比類なき名作。『瑠璃園物語』は、甄蒼月《しんそうげつ》の愛読書である。
（あ、危ない……！）
蒼月は、さっと桜木の陰に身を隠した。
はらり。ひとひらの花びらが舞い落ちる。
幸いにして、尚殿《しょうでん》の采女の袍《ほう》は桜色だ。桜並木に身を隠すには都合がよい。
華やかな弓琴《きゆうきん》の音と共に、池泉《ちせん》に浮かぶ小舟が通り過ぎていく。
——ここは皇都《こうと》の南郊外にある離宮・瑠璃園《るりえん》。まさしく物語の舞台になった場所だ。
広大な池泉に点在する小さな浮島には、いくつも楼殿《ろうでん》が立っている。楼殿の瓦《かわら》は瑠璃色で、離宮の雅称の由来となっていた。浮島をつなぐ朱赤《しゅあか》の円橋《えんきょう》。池に張り出す満開の桜。池泉に浮かぶ小舟からは、たおやかな弓琴の音。

あの名作そのものの風景である。

そして采女の蒼月は、ある貴公子から逃げていた。

登場人物さえ、物語とよく似ている。

しかし――

(円満定年退職！　退職金満額支給！)

その心の叫びは、名作に流れる情緒と遠くかけ離れていた。

今、蒼月は十九歳。采女の定年まで、残り二年八ヶ月。

(御苑《あんなところ》で、人生を終わりたくない！)

蒼月の人生設計は、大きな危機を迎えていた。なぜならば――蒼月を追う貴公子が、ただの貴公子ではないからだ。

ちらりと木陰からうかがえば、それらしい人影が日傘の下に見える。冕冠《べんかん》に鮮やかな青の袍。遠目には見えないが、袍の背には天子の証《あかし》たる龍《りゅう》が刺繍《ししゅう》されているはずだ。

どうやら、やり過ごすことに成功したらしい。

ふぅ、と安堵《あんど》の吐息をもらす。

しかし、まだ安心はできない。蒼月は手近な楼殿に身を隠した。

小ぶりな卓と椅子があるだけの、四阿《あずまや》程度の楼殿。卓には酒が用意されている。一休みするにはおあつらえ向きだ。

「あぁ、もう。……なんで私ばっかりこんな目に……」

ため息と共に、思わず愚痴も出る。

蒼月は、池泉に張り出した出窓の桟に腰を下ろす。

手酌で酒を注ぎ、ぐいと一杯。

火照った身体に、池をわたる涼風が心地いい。

桜のたわわな枝ぶりに目を細めつつ、もう一杯。

(隠居所は、このように美しい邸《やしき》がいい)

無事に定年まで勤め上げ、満額の退職金を手に入れる。

その後は国に戻って悠々自適の執筆生活を送る——のが、蒼月の完璧《かんぺき》な人生設計だ。

隠居所の書斎は、明るい庭に面した場所がいい。庭には池泉がほしいところだ。春には桜。夏には蛍。秋の紅葉。そして冬の雪景色。四季折々の彩りが、執筆の疲れを忘れさせてくれるだろう。

そして、蒼月の筆は多くの物語を紡ぎ出す。美しく、時に悲しく、けれど明日を生きる勇気が持てるような物語。老いも若きも、中原中の数多《あまた》の女性が、心をときめかせて話の続きを待つのだ。

その完璧な計画が――今、危うい。

三杯目を干せば、軽い酔いを感じる。あちこち走り回ったせいだろう。

ぼんやりと外を見ているうちに、眼下を女ばかりの小舟が通っていった。

早く！　あの舟を追って！　皇上《おかみ》が！

船頭を急《せ》かす女たちは、いっそ勇ましくさえある。

それもそのはず、この中原の中央に五百年続く岱《たい》王朝の第四十五代皇帝は、才気煥発《さいきかんぱつ》、英才の誉れも高い――噂によれば眉目秀麗《びもくしゅうれい》な三十歳。三ヶ月前に即位するまでは、寺暮しをしていた。つまり、独身状態で御苑《ぎょえん》に入ったのである。

御苑――いわゆる後宮の妃嬪《ひひん》らは、正式な位号が定まっていない。決まるのは、皇帝が即位後初めて迎える年末の儀式・統天《とうてん》の儀《ぎ》の際だ。今の内に皇帝の寵《ちょう》を得ておけば、彼女たちの生涯の衣食住の質から、諡《おくりな》の有無まで変わる。

（私も、そろそろ隆賓華《りゅうひんか》様のもとに戻らないと）

必死なのは、蒼月が仕える隆賓華も同じである。

皇帝は、弓琴の小舟にいるはずだ。「あの小舟に皇上が」と報告すれば、気難しい隆賓華の機嫌も、多少はよくなるだろう。

（あぁ、でもせっかくだから、この風景を書きとめておきたい）

観桜の宴は毎年の行事だが、いつも多忙だった。昨年などは、先帝と先代の隆賓華が二人きりで舟遊びを楽しみたいというので、見張りに立ちもした。

帯に挿した筆筒《ふでづつ》と、懐の帳面を取り出そうとした――その手が、止まる。

（……？）

ふっと手元が暗くなったからだ。

かぎ慣れぬ、爽《さわ》やかな香りがふわりと鼻に届く。

「ここにいたのか。――捜したぞ」

紛れもなく、男の声である。

妃嬪の滞在中、浮島の岸から内は男子禁制になる。いるのは宦官《かんがん》か、あるいは――

蒼月は、ごくゆっくりと上を向いた。

高いところにある、顔。

影の正体は、背の高い男性だ。龍の刺繍こそないが、袍の色は鮮やかに青い。

優し気な瞳《ひとみ》と、凛々《りり》しい眉《まゆ》。形よく通った鼻梁《びりよう》に、秀でた額。品のある口元には、かすかな笑みが浮かんでいた。清げな貴公子である。

いや、貴公子どころの騒ぎではない。

顔を直接見たことこそなかったが、蒼月にはわかった。――この貴公子は、岱王朝の第四十五代皇帝その人だ、と。

すると、直視など許されぬ高貴な存在を、間近で、真正面から見つめていることになる。

(嘘でしょう？　どうしてここに皇上が……？　では、あの舟にいたのは誰？)

蒼月は、弾《はじ》かれたように遠ざかった小舟を見た。

たしかに、乗っていたはずだ。あの弓琴の小舟に――

「あれは影武者だ」

こちらの心の声に答えるかのように、皇帝が言う。

蒼月は動揺のあまり、また皇帝の顔を正面から見てしまった。冕冠に隔てられていないせいで、視線は直にぶつかる。

――なんと美しい女性《にょしょう》か。

――なんと清げな貴公子か。

『瑠璃園物語』の科白《せりふ》が、脳裏に蘇《よみがえ》る。

「お、恐れ多い――ご無礼をお許しくださいませ！」

「あ――」

蒼月はパッと床に膝《ひざ》をついて頭を下げる。

「甄尚殿。貴女《あなた》と親しく話がしたいと、かねて望んでいた。面《おもて》をあげてくれ」

——ある日突然、文と贈り物が届けられた一ヶ月前から、蒼月が皇帝を避け続けていた理由はただ一つ。夢の執筆生活を守るためだ。

二十二歳になる正月で定年退職をする条件は、皇帝の手がついていないこと。

皇帝に召されれば、蒼月は即座に妃嬪の列に加えられてしまう。

つまり——悠々自適の執筆生活は夢と消えるのだ。

(逃げたい)

だが、前は皇帝。後ろは窓。絶体絶命の窮地である。

一歩、皇帝の足が近づいた。

(円満定年退職——！　退職金満額支給！)

もはや、道は一つしかない。

蒼月は頭を下げたまま、

「お声がけいただき、光栄でございます。皇帝陛下の御代《みよ》に八千代の栄えを。……私、隆賓華様より抜き差しならぬ緊急のご用を言いつかっておりまして、大変恐縮ではございますが、こちらで失礼させていただきます」

と口早に挨拶《あいさつ》をしたのち――

「待て。そちらは窓――」

――窓から、ひらりと身を投げた。

視界いっぱいの桜。青い空。清《すが》しい風――水しぶき。

どぼん、と落ちた池泉を、腰まで水に浸かりながら畔《ほとり》を目指す。

――逃げねば。

御苑で一生を終えるなど、まっぴらごめんだ。

悠々自適な執筆生活を送るために――逃げねば。

池泉つき隠居所が、蒼月を待っている。

その時だ。――どぼん。

重い音が、背の方で響いた。

(え――?)

のろのろと振り返れば、そこにずぶ濡《ぬ》れの皇帝がいる。

ヒッと恐怖に喉《のど》が鳴った。

とんでもないことが起きている。蒼月の身体は恐怖に硬直した。

(そうだった。聞いたことがある。皇上は少々――いいえ、相当な変わり者だと)

その相当な変わり者、かつ眉目秀麗な貴公子が近づいてくる。

――なんと清げな貴公子か。

満開の桜を背にした姿は、まるきり物語の貴公子そのものだ。

(私の退職金が――消えてしまう)

皇帝は両手で、蒼月の手を包み――

「つかまえた」

にこり、と笑んだのだった。


――かくして。

蒼月は、楼殿で皇帝と差し向かいに座っている。

(どうしてこんなことになってしまったのだろう……)

さながら、龍を前にした蛙である。

建国の伝承によれば、皇帝は天の意を受け、仮に人の姿を取った龍だそうだ。龍が蛙を食べるかどうかは知らないので、猛禽《もうきん》の前の鼠と言いかえても構わない。

勧められた酒は、なんの味も感じられなかった。

酒よりも茶がよいか、との配慮で運ばれた茶さえ、香りがまったくわからない。

皇上が池に――と一時は大変な騒ぎになったが、今や卓をはさんで二人きり。着替えも済み、髪も乾いた。

どういうわけか、蒼月は池に落ちた皇帝を助けたことになっており、ここは人払いをした上での返礼の席――らしい。

「…………」

通り一辺倒のことを言い終えたあとは、会話も続かない。

蒼月はひたすら、卓の上の茶器と酒器とを見つめ続けていた。

沈黙が、重い。

よくよく考えるまでもなく、蒼月は窓から池に飛び下りるという奇行に及んでいる。その意図は明らかだ。無礼極まりない。

この中原に存在するすべてのものは、名目上、岱皇帝のものである。

いかに諸国の勢いが増し、その権威が脅かされつつあるとはいえ、いまだ中原で最も権威ある地位は岱皇帝の座に他ならない。

まして、蒼月は御苑に勤める采女《さいじょ》である。

不敬、の一言さえあれば、簡単に夢の隠居生活どころか、この首が飛ぶ。

（なんで、よりによって私が……？）

皇帝の意図が、蒼月にはさっぱりわからなかった。

なぜ、自分なのか。筆を執っては人後に落ちぬ自信はあるが、抜きんでた美貌《びぼう》を持った覚えなどない。

「私は、人の心が読める」

ついに、皇帝が沈黙を破った。

（……？　人の心？）

蒼月は、心の中だけで盛大に首をひねった。さっぱり意味がわからない。

「…………」

返答に窮する。なにせ相手は龍の化身。神々の血を受け継ぐ皇帝だ。もしかすると、もしかするのかもしれない。それとも、英才ならではの高度な冗談だろうか。蒼月は神妙な顔で「は……」と曖昧《あいまい》な相づちを打つ他なかった。

「無駄なやり取りは省くとしよう。貴女と、親しく言葉を交わしたい」

突然の提案に、また蒼月は顔を上げて――

（……眩《まぶ》しい！）

――すぐにまた下げる羽目になった。

爽やかな香りのする、優し気な表情の、端整な面立ちの男性。尊さを横に置いても、直で目に入れるには刺激が強い。

「私ごとき卑賤《ひせん》の身が、恐れ多いことでございます」

「恐れ多い、は何度も聞いた」

「は——」

しかし、恐れ多いものは恐れ多い。繰り返さない自信はなかった。

蒼月は采女である。御苑内では、皇帝と直に顔を合わせる機会さえないのだ。

「先代の隆賓華から届いた文《ふみ》を、先帝に見せてもらったことがある。美しい文だった。彼女に仕え、代筆をしていたのは甄尚殿だと聞いているが……間違いはないか？」

「はい。仰せの通りでございます」

蒼月は、頭を下げたまま、正直に答えた。

賓華、とは、岱のみに存在する位階である。大国の王の息女が、岱皇帝の妻として就く地位だ。席は六つ。諸国のうち一文字の国号を許された大国が十を数えた時期も過去にはあったが、今は奇《く》しくも大国の数も同じになっている。

大国の一つである隆国から入宮《じゅきゅう》した妃は、国名を冠して隆賓華と呼ばれる。

三年前、女子の試験としては最難関の采女試験に合格した蒼月は、先代の隆賓華と共に御苑に入り、彼女に仕えた。

筆匠として先代の隆賓華を支え、代筆も行ってきた。先代の隆賓華は、蒼月以外に代筆を依頼したことがない。皇帝が見た、という文も、間違いなく蒼月の筆によるものだろう。

しかし、在位わずか三年にして、二十五歳の先帝は世を去った。

今上帝が即位して三ヶ月。蒼月は、尼寺に入った先代の隆賓華から、当代の隆賓華に主《あるじ》を変えている。

「貴女の噂は御苑でよく耳にする」

恐れ多い――という言葉を、とっさに蒼月は飲み込んだ。

「光栄でございます、皇帝陛下」

「仕える主の垣根を越え、皆に頼られる有能な采女である――と。それゆえ貴女と話をする機会を探していたのだ」

まずい。この流れは、非常にまずい。

才気煥発《さいきかんぱつ》。稀代《きたい》の英才。今上帝を飾る言葉は数多い。だが、御苑の人々が、眉《まゆ》をひそめて評するには――相当な変わり者とのことである。

(たしかに、変わっておられる)

並みいる妃嬪《ひひん》や女官らの中から、よりによって蒼月を選び出すとは。もはや変人の域だ。

夢の隠居所が遠ざかっていく。――いや、まだだ。まだ、諦《あきら》めたくはない。

「お、恐れながら――」

「どうした？」

諦めた時、隠居の道は途絶える。

己を強く叱咤《しった》し、震える声で訴えた。

「陛下の思《おぼ》し召し、卑賤の身にはあまりにもったいのうございます」

「そう言わず、是非とも話を聞いてもらいたい」

いよいよ後がない。崖《がけ》っぷちに立たされた蒼月は、必死になった。

「いえ、あの、私は十九歳で、御苑内で若いというわけでもございませんし、器量がよいということもなく……背も高すぎますし、鼻も高すぎますし、ソバカスも目立ち――姫君のように琴を弾くこともできません。采女としてお仕えする身でございますれば、私、円満に定年退職を望んでおりまして――あと、あの、手足が大きすぎて不格好で――」

皇帝が「待ってくれ、甄尚殿」と遮る。ぴたり、と蒼月は口の動きを止めた。

「どうか面を上げてもらいたい。どうやら、我々の間には誤解があるようだ」

そうまで言われては、上げざるを得ない。眩しさに耐えつつ、なんとか顔を上げる。

ふっと皇帝が笑んだ。切れ長の涼やかな目は、細めると穏やかな印象が勝る。

「誤解――と申しますと……」

「貴女の才能を見込んで、ある仕事を頼みたいと思っている。そこで――こういうのはどうだ？　私は、指一本貴女に触れない。それで、話を聞いてもらえるだろうか？」

なにやら――風向きが想定と違っている。

皇帝の落ち着いた様子は、召すの召さぬのという空気とはほど遠い。

（なんてこと！……本当に、私にご用があったの？）

どうやら、盛大な空回りをしていたらしい。

勢いよく頬は熱くなったが、心の靄《もや》はみるみる晴れていく。

話によっては、昇進の機会につながるのではないか。そんな皮算用まで頭をかすめた。

「喜んで、承ります。なんなりとお申しつけくださいませ」

そうとわかれば話は早い。蒼月は明るい笑顔で拱手《きょうしゅ》の礼を取る。しかし――

「――私は、言ってみれば〝ハズレくじ〟だ」

明るい笑顔は、一瞬で凍りつく。

蒼月は静かに狼狽《うろた》えた。左様でございますね、とは到底言えない。

今上帝は、帝位から遠い立場でありながら、臨終の床についた先帝だけでなく、重臣らが派閥を越えて即位を求めた英才なのだ。いや、才の有無は問題ではない。ここは宮仕えの身として、天命を受けた存在が、いかに尊いかを述べるべきだろう。

「と、とんでもない。皇帝陛下こそ、天が定めた唯一無二のお方にございますれば――」

蒼月の口から出た一連の常套句《じょうとうく》を、皇帝は手ぶりで止めた。

「まずはこちらの事情を説明させてくれ。――知っての通り、先帝は在位わずか三年で世を去った。皇太子はまだ乳飲み子。国政を担うには早すぎる。まして今は未曽有《みぞう》の難局とさえ言える情勢だ。そこで寺で生涯を終えるはずだった私が、あくまで中継ぎとして、皇太子の加冠まで国を預かることになった」

今上帝は、先帝の年上の従弟だ。

皇室の従兄弟間の序列は、父親の長幼にのみ拠《よ》る。先帝の父親が兄で、今上帝の父親が弟であるため、年齢は今上帝の方が上ながら、先帝との関係では従弟になる。

「陛下の尊いお志、天下臣民は、ことごとく慕《した》うてございます」

「世辞も抜きにしよう、甄尚殿。――あくまでも次代の皇帝は皇太子。私は皇太子の加冠と同時に譲位し、再び寺に戻る。それゆえ、妃嬪は迎えぬと宣言したのだが――力及ばず、見ての通りだ。東六殿《とうろくでん》ばかりか、西九舎《せいきゅうしゃ》にまで妃嬪がいる」

皇帝は、憂いをその涼やかな眉間《みけん》に示した。

妃嬪を迎えぬ。子ももうけない。仮に生まれたとしても寺に入れる、と皇帝は即位直後に宣言していた。――変わり者、との評は、この宣言に拠るところが大きい。

一后、三妃、六賓華、九嬪。

これが岱皇帝の標準的な妃嬪の数だ。

現状、東六殿は五つ埋まり、西九舎の房は三つ埋まっている。

力及ばず、と皇帝は言ったが、彼の意思がなければ、西九舎などとうに十三名の定員まで埋まっていたことだろう。少なくとも、先帝の即位直後はそうだった。

「それも、陛下の御威光の賜物《たまもの》かと存じます」

「世辞はよい。……頼みというのは、その賓華らについてのことだ。西九舎の人員は統天の儀までに減らすが……賓華は諸国の意向を受けて入宮している。数を減らすことはできない。ハズレくじを引いた不運は変えられぬが、せめて彼女たちの心を慰めて差し上げたいと思っている」

さきほどまでの言は、控えめに言って八割が世辞であったが、今度ばかりは、

「まぁ……それは、大変素晴らしいお考えでございますね」

と心からの言葉が出る。

蒼月の心を読みでもしたのか、皇帝も世辞だと断ずることはなかった。

「今は五人だが、統天の儀までに、恐らく六人の賓華がそろう。そこで彼女たちは正式に私の妃となるわけだが――その場でそれぞれに贈り物をしたいと思っている。万金も惜し

まぬ。貴女には、その相談をしたかったのだ」

ぽん、と心中で蒼月は手を叩《たた》いた。

なるほど。六人の賓華への、六つの贈り物。これを御苑で名の知れた敏腕采女《さいじょ》に、見繕ってもらいたい――と皇帝は言っているのだ。

蒼月の胸は高鳴った。

采女仲間や女官たちとの横の繋《つな》がりは太い。諸国から嫁いできた賓華たちの性格や好みには、御苑内の誰よりも精通している自負がある。

「そのお気持ちだけで、どれほど賓華様らが喜ばれましょうか。浅学非才の身ながら、粉骨砕身、務めさせていただきます」

うんうん、と皇帝は大きくうなずいた。

「寺暮らしであったゆえ、どうにも不調法でな。周りの宦官らも、私が右といえば右。左といえば右も左になる始末。頼りにはならぬ」

この時、蒼月の脳裏には、一ヶ月前に突然届いた謎の贈り物が去来した。

――なんの変哲もない、そこいらにありそうな、ただの石。

最初、蒼月は何者かの嫌がらせかと思ったものだ。

なにか深い意味があるのかと悩み、思いつめもした。今もって意図はわからない。

署名もない『会いたい』とだけ書かれた手紙を受け取ってはじめて、それが皇帝からの好意らしいものと推測できたのである。――それも実際は、仕事の依頼だったわけだが。

「……なるほど……左様でございましたか」

優秀な頭脳が補佐していたならば、絶対に採用されなかった選択だろう。

蒼月ならば止める。間違いなく、止める。

「……やはり、まずかっただろうか？」

「え？　あ、いえ、そのようなことは決して――」

「よい。心が読める、と言っただろう？　無駄なやりとりは省くとしよう」

顔に出ていたらしい。蒼月は、自分の顔に触れつつ表情を改めた。

「愚考いたしますに、僭越《せんえつ》ながら陛下の――」

「甄尚殿。私は、もっと腹を割って話がしたい。世辞や、美辞麗句は除いてくれ。それに、陛下というのも止《よ》そうではないか。――叡泉《えいせん》と呼んでくれ」

無茶なことを言うものだ。叡泉、というのは、皇帝の出家名である。

多いに迷ったが、皇帝相手にああだこうだと言い合うわけにもいかず、蒼月は「では、叡泉様」と呼びかけた。

皇帝――叡泉が、ゆったりとうなずく。切れ長の穏やかな目が、いっそう細くなった。

眉目秀麗との噂も本当だったが、変人だという噂もかなり真実に迫っていたようだ。

「愚考いたしますに、叡泉様のお気持ち以上に、賓華様がたのお心に響くものはないように思われます。気候や文化も違う国々から、遥々《はるばる》輿入《こしい》れされた皆様です。夫となるお方のお気持ちこそが心の拠り所。贈り物のことはさておき、ご自身の筆で文を送られてはいかがでしょうか？」

「直筆の文……か……」

叡泉は、腕を組んで考えこむ素振りを見せた。

歯切れが悪い。万金も惜しくはないと言った舌の根はまだ乾いてはいないだろうに。

「なにか、問題がございますか？」

訝《いぶか》しく思いつつ尋ねれば、苦い顔がやっと答えた。

「悪筆なのだ。文才もない」

蒼月は「左様でございますか」と平坦《へいたん》な相づちを打っていた。

叡泉は寺育ちだ。蒼月は寺に詳しくないが、たしか神の教えを書き写すのが大事な務めだったはずである。謙遜《けんそん》だ、と断じて問題ないだろう。人に世辞は省かせるが、自分は謙遜するらしい。

「心をこめて書いてあれば、気持ちは伝わります」

「では、貴女に伝わったか？」

「……私に？」

「私の意思だ。貴女には、直筆の文を送っている」

蒼月の脳裏にまざまざと蘇《よみがえ》った、あの文。

（直筆？　あの、ものすごい悪筆が……？）

かなり、ひどい字だった。

この端整な面立ちの、英才と名高い人の字とは到底思えない。

たった数文字なのに、三度見直してやっと解読できたほどである。前置きもなにもない、用件のみの一文。

「………」

蒼月は、滑らかだった舌を止めざるを得なくなった。

だが、ここで「申し訳ありません」と謝るのもおかしな話だ。

「わかってくれれば、謝罪は要らない」

また、叡泉はこちらの心を見透かしたようなことを言った。

（気まずい）

緊張続きで心の休まる暇がない。

（あぁ、早く宿舎に帰って、ゆっくり物語を読みたい）

物語を読んでいる時だけは、憂さを忘れられる。

読みかけにしている『北天双星《ほくてんそうせい》』もいいが、せっかく本物の瑠璃園を見たのだ。『瑠璃園物語』をゆっくりと読んで――

（それだ）

蒼月は、ぐっと卓に身を乗り出した。

「叡泉様！　よい案がございます！」

「聞かせてくれ」

六人の賓華らに、序列をつけてはならない。

かといって、全員に同じものというのも味気ないだろう。

無為な時間を、ときめきで満たしてくれるもの。

孤独を忘れさせ、明日が楽しみになる――

「物語はいかがでしょう？」

蒼月は、目を輝かせて身を乗り出した。

「……物語？」

叡泉は、眉《まゆ》を寄せた。女人禁制の寺暮らしをしていた叡泉には、馴染《なじ》みがないのも無理はない。これは説明が要りそうだ。

「はい。大小諸国の姫君や、貴族の令嬢の多くは、幼い頃から物語に親しんでおります。煌《きら》びやかな恋の物語や、神仙の物語など、種類は様々ございます」

「寡聞にして、諸国の姫君らが書物を好むとは聞かぬ。貴女《あなた》がた采女《さいじょ》であればともかく」

「女人が用いる文字がございます。――少々お待ちを」

蒼月は、依頼を受けて預かっていた代筆の草案を、懐から出した。くずし字は、慣れぬ者にはまず読み取れぬものだが、折って挨拶《あいさつ》の部分以外を隠す。

「それが、女人の文字か」

「はい。楷書《かいしょ》をたしなまぬ姫君でも、こうしたくずし字ならば、好まれる方が多うございます」

「ふむ。貴女はよく代筆を頼まれるそうだが、それも、このくずし字か？」

「母や姉妹に送るものはくずし字を。父や兄弟に送る場合は楷書が多うございます。依頼のほとんどは、国元の家族あてでございますので」

叡泉は、首を傾げた。

「実の親に送る文にも、代筆を頼むのか？　さすがに、我が子の字はわかるだろう」

蒼月は笑顔で「ご心配には及びません」と答えた。

「これまで、露見したことはございませぬ。このように――」

喋《しゃべ》りながら、蒼月は草案の字をじっと見つめる。

目は草案に置いたまま、帳面と筆筒を卓に置いた。

常連からの依頼だ。字の癖はおおよそ把握できている。文字の線を目でなぞり、筆の速度と動きを、頭の中で再生する。

点画を一つ一つ重ねる楷書と違い、くずし字は文字をほぼ一息で続けて書く。形と同時に、その人の拍をつかまねばならない。

つかんだ――と感じた瞬間に、筆をさらさらと動かす。

書き上がった字と、草案の字を見比べて、叡泉は「見事だ」と賛辞を贈った。

「貴女に代筆を頼むべく、隆賓華の殿《でん》には列ができると噂に聞いていた。いや、たしかに見事なものだな。もとの文字と見分けがつかぬ。――それでいて、より端正だ」

「まだまだ、私などは未熟なものでございます」

甄筆《しんぴつ》二割増し、とは蒼月の代筆に対する御苑の評である。

親でさえ気づかぬほどに字を似せながら、本人の筆より少しだけ整った字を書く。それが、文字通り列をなすほどの人気を呼んだのだ。

「なるほど。このくずし字を用いれば、物語を贈ることができるのだな」

「はい。本来、一つの物語は一人の筆によるものが至上とされております。しかし、書肆《しょし》で手に入るものは、何帖《じょう》にも分かれて売られ、多数の写本家が関わります。同じ筆でそろえることも難しいもの。それゆえ、そのままの形で贈り物にするには向きませぬ」

「そうだな。ならば一人の筆でまとめさせよう」

「では――こちらの文字はいかがでしょう？」

蒼月は帳面をめくり、さらに別のくずし字を書いた。

気に入りの写本家の字だ。もう手本を見ずとも書ける。癖が少なく、楷書を嗜《たしな》んでいたとわかる端麗さが好ましい。

「……美しいな」

「文字は、美しくなくてはなりませぬ。物語を楽しむための、重要な要素でございますゆえ。――美しい文字は、目で追えば心地よい拍を刻みます。この拍が、楽士の奏でる楽のように物語を彩ってくれるのです」

向かいにいた皇帝が、蒼月の後ろに回った。

（う……近い……）

文字をのぞきこもうとしたのだろう。涼やかな香りが強くなる。

「それは道理だな。経典にも通じる」

声音からいって、感心しているようだが、顔を見ることなどできない。

極度の緊張に耐え切れず、蒼月は筒に筆をしまった。

やや、身体が離れたようだ。気を取り直し、蒼月は案の披露を続ける。

「美しい文字。美しい紙。そして美しい物語。賓華様にお贈りするならばすべてが美しくなくてはなりませぬ」

「たしかに。その通りだ」

「残念ながら現在のところ、そうした最上級のものは中原のいずれにも存在いたしませぬ。女子供の道楽と断じられているせいでしょう。——私、紙の質には詳しゅうございますので、ご安心ください。贈り物にふさわしいものを見繕わせていただきます」

口にしているうちに、気持ちも高揚してきた。

顔を見られない、と思っていたことも忘れ、叡泉を振り返って見上げる。

「ふむ。で、物語はどのように手に入れる？」

叡泉も、この提案には乗り気のようだ。表情に明るさがある。

「代筆の返礼に受け取りました、異国の物語や、諸国に伝わる物語が宿舎にいくつもございます。それから、私の今年の休暇は夏にいただきますので、書肆《しょし》で見繕って参りましょう。皇都の書肆は中原中で一番の品ぞろえを誇ります」

「それは心強い。是非にも頼む。それと字は――」

叡泉の手が、蒼月が帳面に書いた文を指さす。

距離が近くなり――思わず、椅子ごと後ろにズッと下がっていた。香りどころか、体温まで伝わりそうだ。

叡泉が「済まない」と謝って、蒼月が「申し訳ありません」と謝った。

「こ、こちらの文字でございますね？」

「あぁ。美しい。この字で書いた物語を贈りたい。しかし、貴女にも職務があるな。是非にも頼みたいが――」

贈り物にふさわしい格の長編、となると、一作品写本するのに最低でも一ヶ月は欲しい。紙を見繕うのにも時間が要る。

統天の儀まで、八ヶ月半。

一ヶ月ある休暇中を除けば、期間は七ヶ月半。物語は六つ。十分に間に合う計算だ。

「さっそく隆賓華様に相談させていただきます。あぁ、もちろん、贈り物のことは賓華様には伏せた上で。陛下より直々のご依頼でございますから、恐らく――」

今も、さして仕事らしい仕事はできていない。雑用ばかりだ。

先代の隆賓華の時代は、こうではなかった。筆匠として書の指導をし、国元に報告書を送り、先帝への文を代筆する。硯《すずり》の乾く間もなかったというのに。

いや、今の隆賓華も、最初は蒼月を筆匠として頼っていたのだ。それが、叡泉からの贈り物が届いたその日から、すべてが変わった。降格に次ぐ降格。今は雑用ばかりで、筆に触れる機会さえない。

(大丈夫だろうか)

不安だ。「恐らく……」と繰り返す声は小さくなった。

今でさえ月給は半減し、自動的に退職金の額も目減りしている。

ここで余計なことを言えば、さらなる降格の憂き目に遭いかねない。

「賓華らへの贈り物には、万金を積んでも惜しくはない。そなたにすべてを委《ゆだ》ねるのだ。それ相応の褒美は用意しよう。そなたの望みはなんだ？」

蒼月は、なにかに導かれるように立ち上がっていた。

端整な叡泉の顔を間近に見ながら、口を開く。

「私の望みは――」

その時、外がやや騒がしくなった。

皇上《おかみ》が――邪魔をしないで――ここにいるのはわかっているのよ――

若い女の感情的な声である。その声の主を、蒼月は知っていた。

慌てて辺りを見回す。隠れるような場所もない。卓は小さく、中に入れば頭がはみ出る。

いっそ、また窓から飛び下りようか――

「皇上！　こちらにいらっしゃると聞いて、私――」

華やいだ声とともに、淡い菫色《すみれいろ》の袍が目に飛び込んできた。

（間に合わなかった……！）

入ってきた女性は、隆国王の五女。当年十七歳。――蒼月が仕える隆賓華である。

人払いのされた楼殿に男女が二人。卓には酒器。

一人は彼女の夫。もう一人は、彼女の筆匠。

それも、ごく近い距離で向かい合っている。――言い逃れなど、できる状況ではない。

（終わった……）

透き通るような肌と、細い頤《おとがい》。北方の王族の娘の美しさは、中原に名高い。

例にもれず隆賓華の顔立ちは、本来美人に分類されるはずだ。――が、穏やかな印象のその顔が、今や鬼神のごとき形相に変じている。

（あぁ、私の退職金が……隠居所が……遠ざかる）

文一つで降格。贈り物一つで降格。二人きりで酒を飲んだからには、降格どころか、クビになってもおかしくはない。

その場合――伯父《おじ》は問答無用で蒼月を嫁がせることだろう。

すぐに隆賓華は、扉を乱暴に閉め出ていってしまった。

蒼月は、がっくりと肩を落とす。

未来がない。蒼月はダメでもともとと思いながらも、

「もし……定年相当の待遇でお暇をいただきたい、とお願いしたとして、叶《かな》えていただけますでしょうか？」

一縷《いちる》の望みを託して尋ねた。すると――

「もちろんだ。約束しよう。――年金もつける。永年支給の年金だ」

美しい龍の化身から、思いがけない提案までがなされた。

「ね、年金まで……！」

目の前に、池泉のある明るい庭が戻ってきた。

書斎でゆったりと筆を執る自分の姿まで、はっきりと見える。

「私の頼みを引き受けるには、今の部署は障害が多そうだ。統天の儀までの間、秘書小監《ひしょしょうかん》の座に就くがいい。文典殿《ぶんてんでん》ならば、仕事もはかどろう」

蒼月の胸は、喜びに震えた。

采女《さいじょ》として御苑に上がった段階で尚殿の位階は五位上二級。先代の隆賓華の覚えめでた

く五位上一級に昇格したものの。現隆賓華からは理不尽に降格され、現在は五位下二級を経て、五位下三級まで落とされていた。さらなる降格まで覚悟したところに、なんと、四位下一級まで突然跳ね上がったのだ。八級特進。蒼月が知る限り、前例はない。

（信じられない！）

美しい龍の化身が、とんでもない幸運を齎《もたら》した。

だが、人知を超えた存在から齎された幸運を、誰しもが享受できるわけではない。それは多くの物語が示唆している。

強い意志を持ち、正しい行いをする者だけが、幸運を我が物にできるのだ。

この好機を逃してはならない。にこりと浮かべた笑顔の下で決意する。

「最高の贈り物をお届けできますよう、粉骨砕身、務めさせていただきます」

蒼月は、恭しく拱手《きょうしゅ》の礼を示しつつ頭を下げたのだった。

第一幕　六つの物語

カンカンカンカンカン！

忙《せわ》しない音が、御苑《ぎょえん》内に響く。

ここは内苑《ないえん》の中心部にある文典殿《ぶんてんでん》。半月前に就任した甄秘書小監《しんひしょしょうかん》の書房である。

「蒼月《そうげつ》様、お時間でございますよ！　ほら、鐘が！」

ほの白い紙の上を滑る筆が、ぴたりと止まった。

陶《とう》国白州《はくしゅう》産の紙。岱《たい》は恵州《けいしゅう》産の墨。隆《りゅう》国杜州《としゅう》の筆。いずれも最高級の品である。

「もう？　ずいぶん早くありません？」

「なに寝ぼけたことおっしゃってるんですか。もう二度目の鐘でございますよ！」

蒼月の机の前に呆《あき》れ顔で立ったのは、紺色の着物に浅藍《あさあい》の袍《ほう》の小柄な少女だ。饅頭《まんじゅう》を思わせる丸顔と、つぶらな瞳《ひとみ》が愛らしい。まだ十四歳ながら文典殿で働く掌記輔《しょうきほ》である。

朱莉《しゅり》、という名で、岱の下級貴族の出身だそうだ。

尚書も、掌記も、文典殿に務める女官や宦官《かんがん》は、紺色の着物を支給されている。蒼月も半月前から紺色の着物を毎日着るようになった。

「え？　二度目？　なにかの間違いじゃ——あぁ、本当！　急がないと！」

蒼月は、筆を持ったまま立ち上がった。

鐘の音は、夕に三度鳴る。一度目は忙しなく開門の一刻前。二度目はゆったりと半刻前。三度目は、また忙しなく四半刻前。つまり、今は開門の四半刻前である。

「お髪《ぐし》をお直ししておきましょう。さ、後ろを向いてくださいませ。お早く！」

筆を置いて確認すれば、朝には整っていたはずの髪が、好き勝手に乱れている。

くるりと背を向け、少しかがむ。朱莉は、少し背伸びをして、蒼月の髪を整えていった。

「助かります。ついつい、作業に行き詰まると髪を触ってしまって」

「髪も乱されるし、お茶も休憩もお忘れになりますね」

「……気をつけます。私に構わず、貴女《あなた》はきちんと休憩をとってください」

「勝手にそうさせていただいております。お気になさらず。はい、できましたよ」

宮仕えの身。常に姿を正しく保つのも職務の一環である。采女は、これから内苑と外苑《がいえん》をつなぐ苑申門《えんしんもん》で皇帝の玉輦《ぎょくれん》を迎える。乱れ髪など論外だ。

「ありがとう、朱莉。では、あとをお願いします」

「お任せを、甄秘書小監様」

蒼月は、眉《まゆ》をくい、と上げた。

「年末までの、臨時ですけれどね」

誇らしくはあるが、あくまでも物語を揃えるまでの仮の地位だ。

「ここでよい働きをされれば、今の地位に留《とど》まる未来もございましょうに。なにも急いで退職なさらなくても。秘書小監なんて、ほんのひと握りの女官しかなれない憧《あこが》れの席じゃないですか」

「さすがに、そんなお約束までは――あぁ、急がないと――お疲れ様でした！」

蒼月は、椅子の背にかけていた濃紺の袍をパッと手に取った。襟と袖《そで》の金糸の刺繡《ししゅう》は四位以上の証《あかし》。毎朝、感動を新たにしているが、退勤時には余裕がない。

急いで羽織り、蒼月は書房を飛び出す。

お疲れ様でした、と朱莉の声だけが聞こえた。朱莉は采女ではないので、このまま内苑の宿舎で夜を過ごす。

文典殿は、御苑のほぼ中央に位置している。ここは御苑に関わるあらゆる文書が集まる場所だ。

あちこちから、紺色、桜色、萌黄《もえぎ》色《いろ》の装束の采女たちが、門に向かっていく。

御苑の采女《さいじょ》には、三種がある。

まず、諸国から集められた尚殿《しょうでん》。賓華《ひんか》の筆匠や相談役を務め、代筆や、母国への定期報告を主な仕事とする。半月前までの蒼月が属していた部署だ。位階は五位上二級。桜色の袍を着ている。

他の二種は岱国内で集められる采女だ。

一つは、西九舎《せいきゅうしゃ》で妃嬪《ひひん》の身の回りの世話をする尚黛《しょうたい》。五位上一級。これが萌黄色の袍。

もう一つは、文典殿で官吏として働く尚書。尚黛と同じく五位上一級。今の蒼月は、諸国出身ながら尚書に分類される。これが紺色の袍。

半月前、蒼月は臨時の異動と昇進で、尚書の管理職である四位の秘書小監になった。四位以上の采女の数は、両手の指で足りる。憧れの席であることは間違いないだろう。

（このまま秘書小監でいられるなら、急いで退職する必要はないけれど……どうせ統天《とうてん》の儀《ぎ》が終われば、また隆賓華様のところに戻るだけだもの）

あんな職場は、二度とご免だ。働く場さえ奪われた挙句、いればいいただけ降格され給与も下がる。退職金まで目減りしていく一方なのだから。

（さっさと逃げるに限る）

四位での退職金に永年年金。最良の条件を逃す手はない。

幸運を手にするために必要な、強い意志と、正しい行い。そこに降格を甘んじて受ける、などという項目はないはずだ。

(年明けには御苑を出て、隆国に戻る。そのあとは――)

悠々自適の執筆生活が待っている。

知らず、頬にふんわりとした笑みが浮かんできた。

(すぐにも池泉つきの二棟邸《にとうやしき》を探そう。明るい庭と、広い書斎がほしい。景色のよいところで――あぁ、いけない。急がないと)

夢心地の歩みは、どうにも遅い。

筆箱をしっかりと抱え直して、蒼月は足を速めた。

間もなく、皇帝が公務を終えて御苑に戻る。

皇帝が執務を行う場所は、宗極殿《そうきょくでん》。内苑の寝所たる正真殿《せいしんでん》までの間に、門は二つ。外苑の大顚門《だいてんもん》と内苑の苑中門だ。

御苑の内外二つの門は、皇帝のためにのみ開閉する。皇帝が寝所を出て執務室に向かう早朝。執務を終えて寝所に帰る夕。一日に二度のみだ。

その機に合わせて、人や物が出入りする。

皇帝のいない昼に内苑で仕事をし、皇帝が戻る夜に外苑の宿舎に戻る。それが采女の特殊な日常である。

夕の閉門の折に外苑へ出損なえば、その場で采女の地位を失う。内苑勤めの尚書の定年は四十歳。年に一度の休暇の特権も消えるのだ。

足を急がせるうち、目の端に入った桜色の袍《ほう》が声をかけてきた。

「あら、蒼月。貴女……まさか苑申門に行くの？」

「淑苓《しゅくれい》！　お久しぶりです。休暇が明けたのですね」

東六殿《とうろくでん》の方から歩いてきたのは、同じ隆国出身の采女・魏《ぎ》淑苓だった。蒼月とは同年で、采女試験の最終試問で知り合った。

彼女は観桜《かんおう》の宴の頃は休暇中だったので、顔を合わせるのは久しぶりだ。

「嘘でしょう？　信じられない！　皇上《おかみ》のお手つきになったって聞いてたのに――」

隆賓華には、叡泉《えいせん》の指示で文典殿へ配置換えになったと報告してある。まさか、そのような誤解がまかりとおっていようとは。蒼月は慌てて否定した。

「ち、違いますよ！　皇上からの御下命を受け、文典殿で尚書として働いています！」

淑苓は、尚書の装束と蒼月の顔とを、何度も視線を往復させる。

「信じられない……だって、直接、皇上にお会いしたのでしょう？」

「お会いしました」

「どんなお顔だったの？　やっぱり噂通りのお美しいお方だった？」

采女《さいじょ》の身では、皇帝の顔を知らぬまま退職するのが常である。目を輝かせて聞く気持ちも、わからなくはない。蒼月は不敬さを最小限にすべく、小さくうなずいて肯定した。

「でも、代筆の腕を見込まれて、臨時のご依頼をいただいただけです」

「もったいない！　私だったら、喜んで佳芳舎《かほうしゃ》に行くのに！　今からだって遅くない。せっかくのご縁なんだから、もっと頑張るべきよ！」

悠々と歩く元同僚と、歩調を合わせる。

辺りを見れば、他の采女たちも別段急いではいない。文典殿は、東六殿よりも苑申門に近いことを今更思い出す。

「私は嫌ですよ」

「どうして？」

「一生御苑から出られなくなりますから」

やや不機嫌に、蒼月は答えた。

「そりゃそうでしょう。誰だって、どこに嫁いだって、それは同じよ？」

蒼月の眉は、ぐっと寄った。

この手の話をする時は、自然と顔が険しくなる。

「私は嫌なんです。定年を迎えた途端、用意されている縁談から比較的マシなものを選ぶよう強いられて――」

「当たり前じゃない。そりゃあ親も急ぐでしょう。定年後には、もう二十二歳になってい
るのよ？　とうに子供の一人や二人、産んでいたっておかしくない年齢だもの」

「私は嫁ぎませんよ。退職金で邸を買い、一人で暮らします」

「死ぬまで？　一人で？」

「もちろんです」

淑苓は、呆《あき》れ顔で肩をすくめた。

蒼月が将来の話をすると、だいたいの人は似通った反応をする。

「夫も持たず、子も産まないつもり？　どうして？」

「要らないからですよ。私の人生は、夫に仕えるためのものではありませんから」

「他になにが要るっていうの？」

心底呆れた、とばかりの表情。いつもこれだ。だが、だからといって、蒼月も自身の考
えを枉《ま》げるつもりはない。

「筆と紙があれば、他のものなど要りません」

蒼月が決意をこめて言えば、淑苓は「そう」と簡単に流した。

「でも蒼月、たしか貴女の家、伯父《おじ》様がうるさいんじゃなかった？」

「うるさいにはうるさいですけど……采女試験に受かりさえすれば、あとは自由にしていい、と約束を取りつけていますから問題ありません」

「そ。……もったいない。せっかく佳芳舎に入れる絶好の機会なのに」

呆れ顔のまま、淑苓は出迎えの列に並んだ。

（言わなきゃよかった）

ふだん、蒼月は将来の話などしない。

采女は母方の姓を名乗る決まりがある。素性も伏せるのが常で、淑苓は蒼月が何者であるか知らないし、蒼月も淑苓が何者であるかを知らない。

だが、魏姓は隆国で古くから続く一族だ。高位の貴族の出身のはずで、顔立ちも整って美しい。佳芳舎に入ってもそれなりの地位に就く見込みと、寵《ちょう》を受ける自信があっての発言なのかもしれない。縁遠い感覚である。

カカーン　カカーン

間近で鐘の音が響いた。間もなく門が開く。

「下ー、下ー、下向けー、下ー」

整然と並ぶ宦官《かんがん》や女官らが、揃って膝《ひざ》をつく。

蒼月も、膝をついて頭を下げた。

以下、毎日続く儀式は音の情報がほとんどになる。

門の開く重い音。玉輦《ぎょくれん》をかつぐ宦官の足音が規則的に続き、近づいてきた。

蒼月の日常において皇帝の――叡泉の顔を見る機会は皆無である。この距離では、衣服の香《こう》が届くはずもなく、声や気配も、まして人柄など、わかろうはずもない。

だが――あの日から、蒼月の日常は変わった。

毎朝夕、門で膝をついて待つ間、蒼月はわずかな期待をする。

叡泉の目が、自分を見ているのではないか――と。無論、ひと呼吸ほどの間ももたずに消えてしまう程度の期待だが。

紺、桜、萌黄。采女の装束は皆同じ。宦官に女官。苑申門の内外に集まる者は、二百を超える数である。

（今でも信じられない。あの玉輦の上の方と間近で言葉を交わしたなんて）

春爛漫《はるらんまん》の瑠璃園《るりえん》に、美しい貴公子の姿で現れた龍《りゅう》の化身。蒼月はその人を名で呼び、約束を交わした。六つの物語を揃えれば、財を手にして御苑を出ることを許される。

（不思議な物語のようなひと時だった）

――いつかこの稀有《けう》な体験を、物語にしてみたい。

ふっと湧いた衝動が、蒼月の心を攫《さら》う。

「――月」

「いつまでそこにいるつもり？　門が閉まるわよ！」

「え？」

ハッと顔を上げる。

とうに玉輦の列は去り、門の辺りに人はいない。

「あ、いけない！　すみません、助かりました」

頭に浮かんだ物語を追いかけるのに、つい夢中になってしまった。

蒼月は、横に置いていた筆箱をしっかりと抱え、走りだす。

苑申門の外には、堀を渡す鳳《ほう》と凰《おう》が対で彫られた橋がある。この橋さえ渡れば一安心だ。ここからが外苑。饅頭《まんじゆう》の皮のように内苑を囲む、外部機関である。

外苑の、もっとも重要な機関は厨房《ちゆうぼう》だ。

今上帝の妃嬪はじめ、皇帝の子を産んだ歴代の妃。宦官や女官らを合わせれば五百人近くが暮らす内苑には、厨房と呼べるものがない。湯を沸かす程度のことしかできず、食事は朝と夕の門の開閉に合わせて運ばれる。

玉輦が通ったあとは、宦官らが次々と食膳《しよくぜん》を捧《ささ》げ持って内苑へ消えていく。

長い列のすべてが内苑に入ったところで、門は重く閉まった。すると、辺りはしん、と静まり返る。

外苑の敷地の大半は、内苑に飾られる花々を育てる畑だ。

他は尚殿と尚黛の宿舎・薬善舎《やくぜんしゃ》と、尚書の宿舎・花養舎《かようしゃ》。門の開閉にあわせて待機する宦官らの宿舎が幾つかあるばかり。閉門後は、静かなものである。

「ねぇ、さっき、筆と紙しか要らないって言ったけど……貴女《あなた》、嫁ぎもせずに一人きりでなにをするつもり？」

薬善舎の前で、淑芩が先ほどの会話を続けた。

別に、答える義理などない。さんざん呆れ顔までされている。――だが、この時は、まだ頭に浮かんだ美しい物語への酔いが残っていた。

「物語を書きたい、と思っています」

蒼月は、ふわりと笑顔で答えた。

「それだけ？　そんなの、嫁いだって書けるじゃない」

笑顔を引っ込め、蒼月は首をきっぱり横に振った。

「とんでもない！　夫の人柄が、婚前にわかるはずがありません。よしんばわかったところで、長い人生の間に変わることもあるでしょう。気づいてから、やっぱり止《よ》します、と言っても、二度と自由は戻りません。舅《しゅうと》やら姑《しゅうとめ》とて、どんな横槍《よこやり》を入れてくるやら。

——私は、誰にも夢の邪魔をされたくないんです」

采女を妻に求める男の目的は、賢い男子を得ること。そこに尽きる。

一般的な新婦よりも年齢を重ねている分、出産を急がされるのは間違いない。

子を一人産めば、次。二人目を産めば、次。賢い男子が家を栄えさせるまで、身体を休める暇もない。一体いつ物語を書けるというのか。

「ほんとに変わってるのね、貴女。そんなに物語が好き？」

「好きです」

「そういえば……貴女が代筆の返礼に、銭ではなく物語を要求してるって聞いたことがあるわ。それ、本当？」

呆れ顔は、今や珍妙な生き物を観察する目になっていた。

「本当ですよ。物語は、私の財産です。幼い頃から、私の心を癒《いや》してくれたのはいつも物語でした。——今度は自分が、物語で人の心を癒したいのです」

「あら、すごい。集めるだけじゃなく、書いてもいたのね」

「まだ、書いたことはありません」

蒼月は、悪びれずに答えた。

「……一度も？　貴女、一度も書いたことのない物語を書くために、一生一人で生きていく、なんて言ってるの？」

「書くためには、まずたくさん読まねば。御苑を出たらいつでも書けるよう、今のうちにもっと多くの物語に触れたいと思っています」

「あら、そう。……頑張ってね」

淑苓は、蒼月の話に興味をなくしたようだ。最後に「もったいない」と繰り返し薬善舎に入っていった。

（話さなきゃよかった）

案の定、また後悔を重ねる羽目になった。夢を語って共感された例《ため》しがない。

宿舎の部屋に戻り、机に筆箱を置く。

小さな書棚には、本がびっしり埋まっている。棚の上も机の上も、本だらけだ。

年に一度の休暇の度に、買い集めた物語。代筆の返礼に手に入れた中原諸国の物語。岱にくる以前から大切にしてきた物語。

物語は、人生の財産だ。

（誰に呆れられたってかまわない。いつか――私も物語を書く）

置いた筆箱をすっと撫《な》でてから、食堂に向かう。

いつもこの時間は空腹との戦いだ。

夜明けに外苑で粥《かゆ》の朝食を食べたのち、内苑で口にできるのは、茶と茶菓子程度だ。それも作業に集中していれば、しばしば忘れてしまう。

退勤後は緊張も解け、空腹感がどっと押し寄せる。まさに今が、その最高潮だ。

食堂に近づけば、葱《ねぎ》と茸《きのこ》の香りが漂ってきた。

ぐぅ、と素直な腹に急《せ》かされながら、もう一仕事要るのが宮仕えの悲しいところだ。

「お疲れ様です。甄蒼月です」

「はい、お疲れ様」

食堂の入り口に構えられた机の前に立つ。

ここで毎朝、毎夕、必ず体調の申請を行わなくてはならない。

自筆で名を書き、丸、とつける。月のものがあれば、そこに一の字を書く。

最初はひどく驚いたものだ。御苑で采女《さいじょ》だけが持つ、休暇や、子をなし得る年齢での定年という特権は、この申告によって成立している。

目的は、言うまでもなく血の管理だ。

後宮内にいる男性は一人だけ。腹に子を宿すということは、すなわち皇帝の手がついたということである。この場合、速やかに内苑に入り、妃嬪の列に加えられる。

休暇明けのことであれば、当然父親が皇帝のはずがない。即座に解雇だ。

御苑で働く采女は、腹に子はいない、と常に証立《あかしだ》てる必要がある。申告の拒否は死罪。虚偽も死罪。申告忘れも死罪。

そのようにして、特殊な采女の制度は三百年以上保たれてきた。

罰則は解雇程度、と思っていた蒼月は、掟《おきて》を知ったその日に震え上がったものだ。

だが、それにも慣れた。後宮内の血の管理は徹底されて然《しか》るべきであるし、おかげで他国の後宮に比べて遥《はる》かに自由がきくのだから。

紙を四つにたたんで箱に入れる。これで一日の仕事は終了だ。

やっと食事にありつける。

食堂は、桜色と萌黄色が華やかだ。最年長で二十一歳という、若い娘たちの集団である。仕事明けのお喋《しゃべ》りにも花が咲く。

蒼月は手近なところに腰を下ろした。煮詰めた醤油《しょうゆ》の香りがしてくる。豚の紅焼《にもの》に違いない。岱ではよく食卓に上る定番料理だ。いよいよ空腹も限界である。

「お疲れ様。横、いい？」

横に座ったのは、桜色の袍の采女だ。名は黄輝夕《こうきゆう》。堅《けん》国出身で、西方出身らしい彫りの深い顔立ちが印象的だ。

蒼月の一歳年下で、出身国の違いを越えて親しいつきあいがあった。

「どうぞ。座ってください」

「また代筆を頼みたいの。この間は母にだったけど、今回は父に。足を挫《くじ》いて、風邪まで重なったものだから、なんだか気が弱くなってしまって。貴女が代筆をしてくれたら、父もきっと元気になると思う」

親しさの理由は、彼女が蒼月の代筆業の顧客だからだ。

「了解。草稿はできています？」

膳《ぜん》が運ばれるのを待つ間、蒼月は輝夕から草稿を受け取った。

彼女も采女だ。字が不得手なはずもない。だが、甄筆《しんぴつ》二割増し。美字を求めて代筆を依頼してくる。

字の美しさは心の美しさ。——とは、一体誰が言い出したものか。

故郷で待つ両親たちは、離れて暮らす娘の成長を、美しい字から感じ取るらしい。

「お礼は、いつもみたいに物語でいい？　次は少し多めに頼めそうなの」

「もちろん。ありがとう、嬉《うれ》しいです」

蒼月は笑顔でうなずいた。

膳が運ばれてくる。予想通り、主菜は豚の紅焼だ。

騒がしかった食堂は、途端に静かになった。限界の空腹は誰しも同じ。空っぽの腹に、まずは焦がし葱と茸の羹《あつもの》から流し込む。

「そうそう。西域の言葉で書かれた物語を、兄が送ってくれるって。届いたら、翻訳してあげる」

「いいんですか？　そんなことまで頼んでしまって」

代筆の返礼に蒼月が求めるのは、彼女たちの故郷に伝わる物語だ。

堅国は西域と国境を接しており、物語の種類が豊富で、独特なのが魅力である。

「もちろん。いつもお世話になってるもの。……っていうか、今は暇だし」

はぁ、と輝夕は、ため息をついた。

豚の紅焼を頬張りつつ、蒼月はその憂いを気の毒に思った。

（宮仕えは、本当にままならない）

難関の試験を勝ち抜きながらも、諸国出身の采女の立場はひどく不安定だ。

書類と向き合う尚書と違い、尚殿が向き合うのは賓華という生身の人間である。

輝夕は二年前の采女試験で首席合格を果たしたが、直截《ちょくせつ》な助言で堅賓華の機嫌を損ねてしまい、以前の蒼月と似通った境遇にあった。

学問や教養をいくら積んでも、世渡り下手では出世できない。

輝夕の何度目かのため息につき合ううちに、夕食は終わっていた。

夕食のあとは、食堂で手燭《てしょく》を受け取って、各々の部屋に戻る。

「私も、岱に生まれていたら尚書を目指せたのに。……貴女がうらやましい。尚書になれた上に秘書小監なんて。濃紺の袍が眩《まぶ》しいわ」

広い廊下を並んで歩き、蒼月の部屋の前で足を止める。輝夕はまた重いため息をついた。

「臨時の人事ですよ。もし、試験で尚書になれるなら、私も受けたいです」

「本当ね。そんな試験があったらいいのに。ごめんね、ため息ばかりで。それじゃあ」

「おやすみなさい」

輝夕の弱々しい笑顔に差す陰りは、日に日に濃くなっている。

その背に、半月前までの自分の憂いが重なった。

(休暇の時、菓子でも買って差し入れしよう。少しでも元気になってくれたら——)

自室の扉を開け——

蒼月は、漂う濃い墨のにおいに驚いた。

「え……?」

部屋の中は、もうすっかりと暗い。

手元の灯《あか》りを近づけていけば——恐怖に足がすくんだ。

「な、なに、これ!」

辺り一面、墨だらけ。

机――本棚――真っ黒だ。

急いで部屋に三つある燭台に、震える手で火を移す。

（食堂に向かう前は、いつも通りだったのに……！）

墨壺《すみつぼ》を倒したくらいでは、こんな有様にはならない。撒《ま》かれたものだ。意図的に。墨のにおいは、まだはっきりと湿っている。

（食事の間に？　なんで？　どうして？）

震えの収まらない手で、机の上の一冊を手に取る。

――『瑠璃園物語《るりえんものがたり》』第二帖《じょう》。

たっぷりと墨を吸い、半ばが読み取れない。

この本は、采女になって最初の休暇で手に入れた一冊だ。一目《ひとめ》惚《ぼ》れした写本家の、美しい文字が忘れがたい。第三帖は二年目の休暇で。第四帖は三年目。

第一帖の表紙だけが煤《すす》けているのは、これだけ入手した時期が違うせいだ。

あれは――もう十年以上前。

たしか、維保《いほう》元年だ。父にねだって、手に入れてもらったこの一冊。

――父上様、美しい物語がほしいのです。美しい物語が。岱には夢のような物語がたくさんあるのでございましょう？

あとから聞いた話だが、父はひどく難渋したらしい。

苦労の末に、父が手に入れてくれたのが、『瑠璃園物語』の第一帖だった。この物語と出会ってなければ、采女試験を目指すこともなかっただろう。

乳母の目を盗み、夜も読みふけったものだ。あの頃は——まだ、故郷は平和だった。

命からがら、故郷から逃れた日にも懐に入っていた。

今や、父も死に、共に逃げた母も死んだ。

蒼月の手に残った思い出の一冊が——墨でべっとりと汚されている。

「あぁ……」

もう、手の施しようがない。

美しい物語を紡ぐ、美しい文字が——

むき出しの悪意が、まだ宙に凝《こご》っているかのようだ。蒼月はたまらず窓を開ける。

（なんで？　どうしてこんなことを……）

皇帝から贈り物をされたから？　直接話をしたから？　濃紺の袍を着ていたから？

心で問うておきながら、答えなど求めていなかった。

誰がどんな動機でなした行為であろうと、納得するつもりもない。

バン！　と窓の桟を叩《たた》く。

力まかせに桟を叩いたせいで、手がじんじんと痛んだ。

（痛い）

手が痛い。胸が痛い。

身体以外の感覚まで、痛みを感じている。

（もう、考えたくない。――なにも）

倒れ込むように牀《しょう》に入る。

怒りは次第に熱を失った。ただ、ただ、悲しい。

――怨《うら》みを捨てよ。足を止めるな。

父は最後にそう言った。

人を怨むのは容易《たやす》いが、怨んだところで、なにも解決しない。

怨みで足を止めず、前に進まねば――

「あ！　『北天双星《ほくてんそうせい》』！」

蒼月は、がばっと身体を起こした。

この半月、写本作業をしてきた物語。『北天双星』。後半の第三帖と第四帖は、まだこの部屋に――机の上に――

慌てて机の上を探す。——あった。第三帖を手に取る。表紙は汚れているが、中はほぼ無傷だ。

（よかった……第四帖は……）

目が忙《せわ》しく動く。机の上——書棚——机の下——あった。第四帖。

「あぁぁ……」

拾い上げた本は、床の墨だまりの中にあった。

——読み取れない。

後半部分は、特にひどい。たっぷりと墨を吸っていた。

夢ならばいい。次に目を覚ました時には、すべて元通りになっていればいい。意味のない願いを繰り返し、辺りの掃除をのろのろと終える頃には、夜が白んでいた。

夢ならば、などと願う余裕は、もうなくなっていた。


「——というわけで……計画の修正を迫られています」

蒼月は、暗澹《あんたん》たる表情で朱莉に報告した。

並ぶ墨まみれの本を前に、朱莉は「ひどい！」と抗議の声を上げた。

「犯人を捕まえましょう！　皇上《おかみ》の御心《みこころ》を踏みにじったのですから、最悪でも追放処分にくらいはできますよ！」

「いえ。騒ぎにはしません」

きっぱりと蒼月は宣言した。

朱莉が、あからさまに不満を顔に出す。

「蒼月様！　お言葉ですが、綺麗事《きれいごと》じゃ、御苑で生き残ってはいけませんよ？　弱みを見せれば食い物にされるんですから。毅然《きぜん》とした態度で立ち向かいましょう！」

「一つに、犯人はこの物語が贈り物になるとは知らなかったはず。また一つには、采女《さいじょ》同士のくだらぬ諍《いさか》いに過ぎぬこと。さらに一つには、物語を文典殿で管理しなかった私の甘さが原因です。以上の点から、この話はここで終わります」

「じゃあ、泣き寝入りですか？　私、泣き寝入りって言葉が、ただ働きの次に嫌いです。私なら、絶対に許しませんよ。午後のお茶に、たっぷり辛子でも入れてやりたい！」

「許しはしませんよ。怨みますし、呪います」

「それなら――」

許す許さぬで言えば、許すつもりはない。

怒りもした。聞き込みも早朝のうちに済ましている。昨夕、食堂に魏淑苓がいなかったこと。墨のついた桜色の袍を洗う淑苓の姿が深夜に目撃されていること。ごくあっけなく証言は集まった。よほど衝動的な犯行だったのだろう。

犯人の顔は見えているが、個人的な感情よりも優先すべきことがある。宮仕えの身ならば、当然の判断だ。

「大切なのは、陛下のお気持ちです。物語を、完成させねば」

蒼月に報復の意思がない、と悟ったらしい。朱莉はとがらせた唇をへの字に曲げた。

「……わかりました。じゃあ、いったん泣き寝入りと決め込みましょうか。それで、本当に半分まで書いた物語を諦《あきら》めるんですか？」

「えぇ。この半月を捨てるのは惜しいですが、次の物語に取りかかります。この嘆かわしい事件のせいで、休暇前に作業するはずだった『北天双星』と『瑠璃園物語』が失われました。次の休暇まで本が手に入らないのでは、今後の作業に支障が出ます。別の物語を探さねばなりません」

今朝のうちに運んだ、候補の作品が机の上に積んである。

「もったいない！　だって上帖は完成してるんですよ？」

まったくもってもったいない。作業は大詰めを迎えていたのだ。

第一帖と第二帖を上帖にまとめ、第三帖と第四帖を下帖にまとめるつもりだった。上帖は出来上がり、残るは下帖。第三帖はほぼ無事だが、第四帖は墨で汚されてしまった。

（もったいない！）

この『北天双星』は、堅国出身の輝夕に、代筆の返礼として取り寄せてもらったものだ。入手まで一年かかっている。岱では出回っておらず、替えがきかない。

ここまで気丈にふるまってきたが、さしもの蒼月も肩を落とさずにいられなかった。

「第三帖は無事だったとはいえ……第四帖がこの有様では、諦めるしかないでしょう。物語の入手に一年かけています。間に合いません」

「私だって、続きを楽しみにしてたんですよ。やっと菖仙姑《しょうせんこ》の思いが叶《かな》ったのに」

朱莉の口は、まだとがったままだ。

「下帖では、思いの通じ合った二人に、運命の荒波が押し寄せます。呉仙郎《ごせんろう》が敵陣に一騎打ちを申し入れるところから始まり――一気に終幕まで――あぁ、もったいない！」

たまらず、蒼月は天を仰いで嘆いた。

――天帝の娘・菖仙姑は、槍《やり》をふるう勇ましい仙女だ。

戦に勝利を齎《もたら》し、戦で命を落とした勇者の魂を、四頭立ての銀の馬車で天の星に召し上げるのが仕事である。

ある時、菖仙姑は天帝から下界の戦場に赴くよう命じられた。

銀の馬車で向かえば、勝敗は見えたも同然であった。大国が小国を侵略したのだ。三倍もの兵に襲われた小国の軍は、ほぼ壊滅状態。戦を司《つかさど》る仙女の出番などない。

やや飽いた頃、菖仙姑は一人の勇者を見つけ――運命の出会いを果たす。

完全な負け戦だ。将軍は討たれ、軍は崩壊。更なる敵の追撃の中、勇者は他の兵士たちをまとめ、一人でも多くを逃がそうとしていた。なんという勇気だろうか。

――振り向くな。林に向かってまっすぐ走れ。母が、妻が、子が待っているぞ！

ここで菖仙姑がすべき仕事は一つ。勇者の最後の呼吸を待ち、その魂に寿《ことほ》ぎを与え、天の星に召し上げることだ。――喜べ、勇者よ。そなたの魂は天の星となり、永劫《えいごう》輝くことであろう――と。

しかし、死の寿ぎになんの意味があるだろう。

菖仙姑は天帝に背き、銀に輝く槍を振り、今まさに壊滅しかけている小国の軍に勝利の栄えを与えたのだ。

大国の軍は、突然の離反者が出て壊滅。小国はかろうじて国境を守った。

菖仙姑が勇者に近づくと、勇者の魂はすでに肉体を離れていた。もう、天に魂を上げることはできない。

天帝は、娘の独断専行に激怒した。

――あの勇者を天に上げるのがお前の使命だ。それまで天界に戻ることは許さぬ。

菖仙姑は銀の馬車と槍を奪われ、鷹《たか》の姿で下界に落とされる。
勇者の魂は、何度も生まれ変わり、菖仙姑は彼を追いかけ続けた。
しかし、再び彼が勇者としての死を迎えることはなく——千年の月日が流れる。
ここで天帝は、しびれを切らした。
——若者よ。そなたに誰よりもよく見える目を与えよう。
勇者の魂は、千年の時を経て、呉仙郎という立派な青年になっていた。
仙眼《せんがん》を得た呉仙郎は、己を守るように見つめる美しい鷹——菖仙姑に気づく。
乙女よ——と呉仙郎は菖仙姑に語りかける。青年は美しい乙女に恋をした。
菖仙姑もまた、千年の間に恋をしていた。二人は互いを思いあうようになった。
ところが、この小国は大国の脅威に再びさらされていた。
仙眼を持つ呉仙郎は、小国の誰より早く大国の侵攻に気づく。行かねばならない。
二人は互いへの愛の証《あかし》として、蔦《つた》で腕環《うでわ》を作り贈りあう。
菖仙姑は、天に誓う。——必ずや、この腕環を持つ者の妻となる、と。
呉仙郎も、天に誓う。——必ずや、この腕環を持つ者の夫となる、と。
天帝はその誓いが果たされた時に、菖仙姑を乙女の姿に戻すことを約束する。
「——そこまでが上帖ですね。私も読みました。天帝は、なんだかんだで娘に甘いです朱莉は、ふくれっ面を収めて小さく笑う。

「異国の話ですから、おそらく天帝と訳されているだけで、別の神様なのだと思いますけれど……どこでも父親に相当する存在は、娘に甘いかもしれませんね」

蒼月も、つられて笑顔になる。

「それから、呉仙郎は敵に一騎打ちを申し出るんですよね？」

「ええ。敵陣にただ一騎で挑んだ呉仙郎は、敵の豪傑を一太刀のもとに斬り伏せる。——怒号の代わりに響いたのは喝采《かっさい》。敵国の王が、敵ながらあっぱれ、と手を叩《たた》いていたのです。『見事なり、見事なり。斯様《かよう》な小国に天下無双の豪傑がいようとは。まことに見事なり。是非にも一献差し上げたい』。敵の王は呉仙郎に大杯を授けます」

「……いやな予感がします。っていうか、そもそもあの腕環の誓いからして、不吉な感じがぷんぷんしますよね」

うんうん、と蒼月はうなずいた。

「お察しの通り、酒には薬が入っていました。薬を盛られた呉仙郎は、天帝から仙眼を授かったことも、腕環の誓いも、菖仙姑の素性も、すべて敵国の王の前で話してしまいます。小国はあっという間に滅ぼされてしまいました。さらに——王の娘を愛するように操られてしまうのです。『麗しき乙女よ。一目見た時から、我が心は春の野のごとく華やぎ、嵐のごとく乱される』」

　蒼月は役者さながらに、恍惚《こうこつ》の表情で宙に手を伸ばす。

「うわ、ひどい！　いくらなんでも、薬飲んだくらいでそんなになります？」

「男の愛など、しょせんそんなものですよ」

　真顔に戻った蒼月が言えば、朱莉は顔をくしゃりと歪《ゆが》める。

「身も蓋《ふた》もないこと言わないでくださいよ！　それで？」

「敵国の王は、菖仙姑の正体も呉仙郎から聞き出しています。呉仙郎を案じて王宮に現れた鷹に、呉仙郎の裏切りを告げるのです。――嘘だ、信じられない、と菖仙姑は、呉仙郎を捜しますが、見つけたのは王の娘に愛を請う呉仙郎の姿でした。愛の証の腕環もありません。『おぉ、なんという裏切り。腕環はいずこに？　極北の山を閉ざす吹雪とて、こうまで冷徹ではあるまいに！』」

「それ、怒っていいですよ、菖仙姑！」

「『千年。千年、そなたを見守った。私と腕環の誓いを交わしながら、次の朝には別の娘に心を捧《ささ》げる。なんという裏切り！　許せぬ！』」

　蒼月は拳《こぶし》を握りしめ、宙に叫んだ。

「ふむふむ、それで？　まさか、泣き寝入りするんですか？　イヤですよ、私」

「しません。追い打ちをかけるように、敵国の王は呉仙郎から奪った腕環を、失意の菖仙姑に見せて迫るのです。この腕環を持つ者の妻となる、との誓いを破るのか？　と」

「ひっどい話じゃないですか。詐欺です、詐欺！」

「だから、男の愛などという儚《はかな》いものを信じるから――」

「ちょくちょく個人的な意見をはさまないでくださいよ。で？　菖仙姑は腕環の誓いを果たして、乙女の姿に戻ったんですか？」

「はい。菖仙姑は『誓いは誓い』と腹をくくり、望まぬ相手に嫁ぐことを決めました。ついに菖仙姑は、美しい乙女の姿を取り戻し――そうして、復讐《ふくしゅう》に転じるのです」

「そうこなくちゃいけません。殴られる前に殴っておけ、ですよ」

　ふん、と朱莉は荒い鼻息を吐いた。

「それを言うなら殴られたら殴り返せ、でしょう」

　蒼月は、手を横に振りつつ訂正した。殴られる前に殴るのは、さすがにまずい。

「そうでした。――それで？」

「菖仙姑は王に囁《ささや》きます。『呉仙郎の首を捧げよ。されば我が牀《しょう》に招こう』」

「怖ッ。二帖の終わりあたりで『愛で世界が光に満ちる』って言ってませんでした？」

「戦を司る仙女ですもの。元来猛々《たけだけ》しいのですよ」

「なるほど。……でも、呉仙郎は仙眼を持ってるじゃないですか。正攻法でいっても、敵国の王には殺せなくないです？」

「――『磐鼎山《ばんていざん》の霊水で醸した酒をもて。いかに仙眼を持つ者でも、酒には弱い。眼《まなこ》を開けることも適《かな》わぬほど強《したた》かに酔わせ、眠ったところを襲えばよい』」

蒼月は、物語の科白《せりふ》をそのまま口にした。

「うわぁ。本気ですね、菖仙姑」

朱莉は、腕をさすって寒気に耐える仕草をする。

「薬の影響を脱する機会はあったのですよ。娘に甘い天帝が牧童に姿をかえ、呉仙郎の目を覚まさせようともしています。けれど、手遅れでした。ついに王は呉仙郎を殺し、首を持ち帰るのです」

「……やっちゃいましたか……」

がくり、と項垂《うなだ》れた朱莉は「あぁ……」と嘆いた。

「王は寝室に入ると、自らの悪行を誇らしげに語りだします。――菖仙姑が、聞いているとも知らずに。すべてが薬のせいと知った菖仙姑は、王の腕を斬り落とし、腕環を取り戻します。そして、呉仙郎の首を抱えて岩山に登り、火を焚《た》いて天帝に祈りました。『約束を果たすこと能《あた》わず。父上、お許しを。今となっては呪わしいばかりのこの腕環。しかし、燃え盛る炎によって腕環は清められることでしょう。我らは、この腕環に永遠の愛を誓いあいました。あの日、あの時、たしかにあった我らの愛を、どうぞ永遠にこの世にとどめてくださいませ』。祈り終えると菖仙姑は首を抱えたまま火に飛び込み、愛に殉じました。天帝は憐《あわ》れに思い、二つの腕環を空の星にしたのです」

天ならぬ天井を見上げて、蒼月は話を終えた。

「……ふむふむ、なるほど」

「本当にもったいない。この名作を、是非とも賓華様に差し上げたかったのに……」

蒼月は、長椅子にどさりと腰を下ろした。

六つの物語は、五百年続く王朝の賓華に贈られるものだ。彼女たちの死後も長く保管されるはずだった。その機会を逸したことが、悔しくてならない。

それも原因は、蒼月個人への怨恨《えんこん》。

(隆賓華様はともかく、これまでうまく人づきあいをしてきたつもりだったのに)

蒼月のため息は、パン！　という手の音で引っ込んだ。

手を叩いたのは、机の前に立つ朱莉だ。

「――いけます、蒼月様」

のろりと蒼月は、長椅子に預けていた身体を持ち上げる。

「なにがですか？」

「墨まみれの第四帖を横に見ながら、今の蒼月様のお話をうかがっていましたが……読めなくなった部分、埋められそうですよ」

蒼月は、半分閉じていた瞼《まぶた》を、大きく持ち上げた。

まさか――と思いながら、手渡された第四帖を受け取る。

「……本当に？」

蒼月は、恐る恐る墨まみれの本を手に取った。

何度見ても心が痛い。だが、その痛みに耐え、蒼月は紙面に目を走らせた。

「そのあたりですと――ほら、呉仙郎の活躍のところです。一騎打ちの件《くだり》」

『これほどの大軍を擁《よう》す大国に、人なしとは嘆かわしい』――」

するり、と一文が口から出てくる。

「そうそう。で、次は――」

『見事なり、見事なり。斯様な小国に――』」

「ね？　いけますでしょう？」

蒼月は、仙眼など持ってはいない。しかし――

墨で消えた部分が、蒼月の目にははっきりと見えた。

(読める)

「……よ、読めます！　わかります！」

「一字一句違《たが》わずに、とまではいかないでしょうが、今ある物語だって、いろんな方の手が入っておりますもの。大丈夫ですよ」

それは、たしかにその通りだ。

現在伝わる物語は、写本に写本を重ね、もとの文章から大なり小なり変化している。ものによっては、文章の変更だけにとどまらず、結末が書き換えられることも珍しくはない――らしい。蒼月も、幼い頃に読んだ話が、岱で手に入れた時には別の展開を迎えていて、ひどく驚いたことがある。

「で、でも、それはいけませんよ！　作者は、一つ一つ言葉を選んで、丁寧に話を作っているんですから」

「でも、ものすごく一つ一つ、かなり正確に覚えてらっしゃいますよね？」

「もちろん。何度も読んでいますもの。『北天双星』の終盤は、特に激しい文章が続きますから、印象的です」

「墨で読み取れない部分だけ、蒼月様の、その素晴らしい記憶力で補えば……たとえば、最後のあたりは『燃え盛る炎によって――』

「『腕環は清められることでしょう』」

「『我らは、この腕環に永遠の愛を誓いあいました――』」

「『あの日、あの時、たしかにあった我らの愛を、どうぞ永遠にこの世にとどめてくださいませ』――い、いけそうです！　朱莉、書き取ってください！」

「速記でしたらお任せを」

朱莉はぐいと腕をまくって、絹紐《きぬひも》で袖《そで》を縛った。

（いける）

墨で汚れた本を手にし、肺腑《はいふ》いっぱいに大きく息を吸う。

かつてない高揚の中、蒼月は頭の中に流れる文を、役者さながらに読み上げていった。

「――『二つの星は、今も夜空に輝いている』」

蒼月が最後の一文を読み上げ、朱莉がことりと筆を置く。

その余韻に酔う間もなく、カンカンカンと鐘が鳴った。

「鐘です！　二度目、二度目！　蒼月様、急いで！」

「あぁ！　髪が！」

「ひどいですね！　ぐしゃぐしゃじゃないですか！」

蒼月が慌てて屈《かが》めば、朱莉は背伸びをして、てきぱきと髪を整える。

「朱莉、貴女《あなた》のおかげで助かりました。これであと半月、じっくり時間をかけて写本ができます。本当に……ありがとう」

「あとは簡単に清書しておきます。お疲れ様でした。蒼月様の記憶力には、心より感服いたしましたよ。――さ、お急ぎください！」

朱莉が、清々《すがすが》しい笑顔で会釈する。

ありがとう、ともう一度伝えて、蒼月は袍を羽織ると書房を飛び出した。出勤時は鉛のようだった足は、疲労を忘れるほどに軽い。

――足取りの軽くなる出来事は、この日、さらに重なる。

閉門の直後、宿舎を移るよう薬善舎の女官に指示されたのだ。

「今からですか？」

「荷物は花養舎の女官がもう運んでいったわ。だって貴女、今は秘書小監なんでしょう？　よく考えたら、昇進した時点で移るべきだったんじゃない？」

突然のことに、蒼月は戸惑う。

「でも、私は臨時で――」

「いい話じゃない。あちらの方が、部屋も広いし、食事だってずっと豪華よ。夕食もそちらでね」

薬善舎の前で回れ右をする羽目になったが、よく考えれば、いい話には違いない。

(なんと都合のよいこと)

昨夜の事件に呼応するかのような時機のよさである。

さっそく、蒼月は筆箱を抱えて花養舎に向かう。

尚殿と尚黛の宿舎が薬善舎。尚書の宿舎は花養舎。二つの建物はごく近いが、交流はまったくない。蒼月も、花養舎に近づくのさえ初めてだった。――広い。

案内を受けながら、蒼月は新鮮な驚きを重ねることになる。

「さ、こちらが甄秘書小監の房でございます」

独立した房が、采女《さいじょ》一人一人に与えられると知り、蒼月は「まぁ！」と声を上げていた。

もう壁の向こうのいびきに悩まされずに済むということだ。

「広い……！　嘘、本棚が、こんなに!?」

房は、薬善舎の個室の四倍近い広さがあった。書棚には、手持ちの本をすべて収めても、まだ余裕がある。

(すごい！　夢のよう！)

女官は「入りきらない書物は、書庫を使ってください」と笑顔で教えてくれた。共用の書庫があり、采女個人の棚が一つずつ与えられているそうだ。

「お食事は、こちらまでお運びします。夜が更けましたら、灯油を注ぎ足させていただきますので、要らぬ時だけお知らせください」

女官は笑顔で下がっていき、直後に夕食を運んでくれた。羹《あつもの》の外に、焼菜《にもの》に、炸菜《あげもの》までついている。たしかに豪華だ。

さらには、庭に張り出した露台まである。庭より花の畑と呼ぶのが正しいが。

(これが秘書小監の待遇なのね。さすが四位……)

食事のあと、ぐるりと房内を歩いてまわった蒼月は、机の前の椅子に腰を下ろした。

(あ――石！　叡泉様からいただいた石は……あぁ、あった)

目で探せば、机の上には例の石がある。無事に運んでもらえたようだ。引っ越しのついでに捨てられかねないただの石だが、こう見えて今上帝からの下賜品である。

捨てるわけにもいかず、これまで狭い机で文鎮がわりに使っていたが、房の机はゆったりと広い。石の大きさも気にならなかった。

さっそく、一仕事したい気分だ。

「よし、やりますか」

文箱《ふばこ》を開き、一番上の紙を取る。

輝夕に頼まれていた代筆の草案だ。代筆を受ける時は、本人に草案を書いてもらっている。必要に応じて添削もするが、さすがは優秀な采女。直すべきところが一文字もない。

蒼月の目は、文字を食い入るように見つめはじめた。今回は父親への文であるため、楷《かい》書《しょ》である。

まず、起筆から、筆運びと同じ動きを目でなぞる。

何度か繰り返したのち、速度を想像しながら拍を読む。輝夕の筆は速い。

点画それぞれの癖は、何度も代筆をしているので慣れている。

右上がりの癇《かん》の強い横画。やや急《せ》いた細い縦画。ぐっと力みを感じる左はらい。右上がりの線からの気忙《きぜわ》しい転折。

代筆は、美字を書くのが目的ではない。

あくまで本人が書いた文字を、ほぼ正確に模写した上で、癖をほんの少し弱める。それだけだ。そのひと工夫で、親が喜ぶ文字になる。

きっと輝夕の父親は、ややゆったりとした娘の字に安堵《あんど》することだろう。

蒼月の代筆が露見したことは、聞いた限りでは一度もない。

先代の隆賓華はのんびりとした人で、先帝への文で寵愛《ちょうあい》を勝ち取りながら「あれは、私の筆匠が書いたのです」と笑顔で言ったそうだが。

――コンコン、と扉が鳴った。
目で拍を読んでいた蒼月は、一瞬だけ目を上げた。
(こんな時間に？　あぁ、灯油を注ぎ足しにきたのね)
ちらりと見れば、まだ燭台《しょくだい》の灯油は十分に残っている。
「――夜更けにご苦労様です。今日はもう、灯油は要りません」
蒼月は返事をして、再び草案に目を戻した。
――もう一度、コンコン、と扉が鳴る。
灯油の話ではなかったのだろうか。今は、集中したい時だというのに。
「はい。どうぞ」
草案から目を離さずに、蒼月は返事をする、幸い、今は髪も乱れてはいない。
ギィ、と扉が細く開く。
「すまない。――この夜更けに」
聞こえてきた声は――男の声であった。
(……ッ！)
さすがの蒼月も、顔を上げざるを得なくなる。
この御苑では、正しく男性の低い声を持つ者は一人しかいないからだ。

しかし、暗い廊下を背にしているため、姿はわからない。

（まさか……嘘でしょう⁉）

蒼月は、急いで扉に走り寄る。

先日と同じ爽《さわ》やかな香《こう》。近づけば、房内のかすかな灯《あか》りでも顔が確認できた。――間違いない。叡泉その人だ。

（なんで？　どうして叡泉様が、ここに⁉）

今日も蒼月は、苑中門で皇帝の玉輦《ぎょくれん》を出迎えている。

門もいつも通り、たしかに閉ざされていた。外苑に叡泉がいるはずはないのだ。

どうして――と問う必要はなかった。

「もしや……また、影武者をお使いになったのですか？」

半ば呆れ顔で問えば、叡泉は少しきまり悪げに、

「ご名答だ」

と推測を認めた。

どうぞ、と叡泉を房に招く。招かざるを得ない。目撃でもされては大変だ。皇上《おかみ》と逢瀬《おうせ》をしていた――などと噂になれば、佳芳舎まっしぐらである。

辺りを確認しつつ窓を閉めてから、蒼月は拱手《きょうしゅ》の礼を示した。

「驚きました。……なにか、ございましたか？」

こんな時間に、わざわざ訪ねてきたのだ。用がないわけがない。さっさと用件を伝えて、さっさと帰ってもらいたいところだ。

「内密に相談したいことがある。さすがに薬善舎を訪ねるわけにもいかず、花養舎に移ってもらった。急なことですまなかったな」

なるほど。突然の引っ越しは、叡泉の意思だったらしい。

こちらはいいことずくめである。蒼月は、にこりと笑んで長椅子を勧めた。

「書棚が大きくなって、とても助かっております。——統天の儀の贈り物は、順調に進んでおりますので、どうぞご安心ください」

冕冠《べんかん》ではない簡素な冠。袍も暗い色で刺繍《ししゅう》もない。龍の化身には見えぬ姿だ。

叡泉は、長椅子に腰を下ろす。

「相談というのは、直筆の文の件なのだが……あぁ、座ってくれ。——これが、難渋しているのだ」

蒼月は、会釈をしてから、卓をはさんだ向かいの椅子に腰を下ろした。

「ご夫君からの文に勝る贈り物はございません」

悪筆は百も承知だ。それも並々ならぬ悪筆。

だが、いかに字の美しさは心の美しさ、といったところで、夫が妻に送る文だ。真心に勝るものはないだろう。

「女人にどのような文を送ってよいか、まったくわからん。いつまでも紙が白い。窮するあまり、女人の文に詳しい貴女に相談すべくここまで来た次第だ。――笑わないでくれ」

「笑い事ではございません。直筆の文は、贈り物の要《かなめ》。書けぬと言われては、ゆゆしき事態でございます」

いかに難渋していると言われても、蒼月もここは譲れない。

「考えに考え……書いては消し、書いては消しを繰り返した結果、貴女にあの文を送るのにも、一ヶ月かかっている」

とっさに、返す言葉を失った。

あの――『会いたい』とだけ書かれた、意図を計りかねる文。

(あれに一ヶ月……)

これは、想像した以上に道は険しいのかもしれない。

御前であることも忘れ、蒼月は眉間《みけん》に深いシワを寄せて考え込む。

自力で書けぬというならば、助力が要るだろう。

(――あぁ、そうだ!)

ぽん、と蒼月は手を叩《たた》いた。

「では——書いては消し、書いては消しの部分を、消さずにいただくことは可能でしょうか？　そこにこそ叡泉様がお伝えしたいお気持ちがあるような気がいたします」

「……ふむ」

「代筆を請け負う時は、書きたいこと、書かねばならぬこと、書きたいがどう伝えてよいかわからないこと、そうしたものをすべて書き出してもらっています」

「すべてか」

「はい。最初から整った文章を書かれる必要はございません。単語だけでも構わないのです。叡泉様が書かれたお言葉を、こちらで整理してお伝えして——それを叡泉様がお書きになる、という形をとってはいかがでしょうか？」

輝夕のように、添削のまったく要らない草案を書く者は稀《まれ》である。文字を書くのが不得手な者、文章を作るのが不得手な者、どちらも苦手な者、と代筆の顧客の悩みは様々だ。

一人一人の能力にあわせた助けが要る。

それと同じだ。壁が高すぎるならば、ちょうどいい梯子《はしご》を用意すればいい。

問題は、その梯子を相手が用いるかどうかにある。

地位も能力もある三十歳の男性が、十九歳の小娘の言を容《い》れるか、否か。

「たしかに。それならば、私の言葉で、私の筆が書くにもかかわらず、文章の体裁は整うな」

「はい。仮に一通に一ヶ月お悩みになられましても、今から統天の儀までは半年以上ございますから、十分間に合いましょう」

叡泉の反応は悪くない。何度かうなずいていた。

（よかった）

頑固者、との評に反して、叡泉の対応は実に柔軟である。さすがは稀代《きたい》の英才と称《たた》えられるだけの人物だ。

「良案だ。知恵を借りにきた甲斐《かい》があった」

「では、書かれた草案は、こちらの房か、文典殿にお送りくださいませ」

「わかった。――できれば、貴女に直接渡したい。その場で感想をもらいたいのだが」

蒼月は、即座に微妙な顔をしてしまった。

目の前の貴人は、皇帝だ。

頻繁に采女《さいじょ》の宿舎に出入りされては、どこであらぬ誤解を受けるやら。誤解が妨害に直結することは、身をもって学んだばかりである。

「それは――」

六つの物語をそろえる。御苑を出る。隠居生活に入る。

それが蒼月の完璧《かんぺき》な計画だ。

(心が読めるならば、そこはご配慮くださってもよいのに)

誰にも夢の邪魔はされたくない。たとえ、この幸運を齎《もたら》した本人にであろうと。

「無論、長居はしない。それと――改めて誓おう。貴女には指一本触れぬ」

両手を挙げて、叡泉は「誓う」と繰り返した。

そうまでされては、こちらも無下にはできない。

「わかりました。――では、できましたらお持ちください」

「よろしく頼む。太師《たいし》」

笑顔で言われ、蒼月は鼻白んだ。太師、とは皇帝の師のことに他ならない。

「太師などと……あまりにもったいないお言葉でございます」

「いや、私は貴女に教えを請う立場だ。太師と呼ぶのは当然だろう。有能な相談役を得られ、私は幸いだ。……貴女のような人が、いつも傍にいてくれれば、どれほど心強いか知れないが――」

叡泉が、蒼月の瞳《ひとみ》を見つめている。

なんと心に響く言葉だろう。蒼月は新鮮な驚きに包まれた。

（それ……いい）

蒼月は、音を鳴らさず手を叩いた。

「それ、入れましょう、叡泉様。いいです。いい感じです！『貴女のような人が傍にいてくれて嬉《うれ》しい』。そういう一文がぐっと女心をつかむんです！」

寺育ちとは思えない、なかなかに気のきいた文句である。

この調子で草案を書いてくれれば、未来は明るい。

「……そうか。それはよかった」

話がそうとまとまれば、あとは我が身を守るばかりだ。

「きっと、賓華様らにお気持ちも届きましょう。私も統天の儀まで、最高の物語をお届けできるよう努めます。——では、この夜更けにお疲れ様でございました」

蒼月は立ち上がり、拱手の礼を示した。

非礼だの無礼だのと言っている場合ではない。ここは花養舎だ。蒼月は、速やかにお帰りください、と態度で伝えた。

叡泉は扉の前で「騒がせてすまなかった」と最後に言った。

「次はもっと、よい言葉が選べるようにしよう。——貴女のことを思っていると、胸の内から、よい言葉が出てくるような気がする」

「もったいないお言葉でございます。――では」

蒼月が「おやすみなさいませ」と言えば、叡泉は扉を閉めた。

静かな、あるかなきかの足音が消えれば、やっと正しい静寂が、房の中に下りる。

（よかった！……あぁ、順調すぎて怖いくらい！）

よい指導とは、教える相手の能力を引き出すものだ。

叡泉が蒼月を前にすると気のきいた言い回しが自然と浮かぶ――ということは、俄《にわ》か太師の手柄といっても過言ではないだろう。ふふふ、と蒼月は無人の房で秘《ひそ》かに笑った。

教える相手が、隆賓華から皇帝に変わったおかげで、運が開けた。

よかった。本当によかった。

高揚と緊張が収まると、どっと疲れが襲ってくる。

代筆は集中力の要る作業だ。今日はもう難しい。蒼月は、牀《しょう》に身体を投げ出した。

先行きへの安堵《あんど》と疲れは、その日の眠りを心地よく深くしたのであった。


一歩一歩、蒼月は歩を進めていった。

かくして――風薫る五月。めでたく、写本『北天双星』の上・下帖《ちょう》は完成した。

「美しい……」

蒼月は、文典殿の書房で、うっとりと完成品を眺めた。

これほどの上質な紙。墨。筆。それも写本をしたのは同一人物。

内容も、岱ではまだ出回っていない貴重な物語。まさに至高の一冊である。

中原広しといえど、ここまでの本はまだ存在しないはずだ。

これだけ物語を愛し、給与の多くを物語に費やしている蒼月でさえ、見るのも触れるのも初めてである。

美しい、と三度ため息をついたあと、蒼月は「貴女のおかげです」と朱莉に礼を言った。

「はいはい、お疲れ様でした。では、こちらは書蔵庫に運んで参りますね」

完成品を一日中でも眺めていたいところだが、そうもいかない。

朱莉は手早く布で本を包み、両手で捧《ささ》げ持った。

「待ってください、私も行きます！」

目の前から消えるのが惜しく、書蔵庫までついていくことにした。

雲間からさす光が、キラキラと眩《まぶ》しい。

風は心地よく、すべてのものが美しく見えた。

蒼月は踊りだしそうな足取りで、書蔵庫への道を軽やかに進む。

「なにもついていらっしゃらなくても大丈夫ですよ。文典殿の尚書も掌記《しょうき》も忙しいですから。暇な尚殿や尚黛の皆さんと違って、足を引っ張る輩《やから》なんていやしません」

「名残惜しいんです。こんな素晴らしい本とお別れするなんて……あぁ、いつか私も、こんな素晴らしい形で物語を持てたらいいのに！」

「ご隠居なされたら、写本なんてし放題じゃないですか。代筆稼業で、物語もがっぽりため込んでらっしゃるんでしょう？」

「人聞きの悪い。賄賂《わいろ》をため込んでるみたいに言わないでくださいよ。――でも、そうですね。それを励みに、また頑張ります」

皇帝に献上する類《たぐい》の文書は、地下に降りた書蔵庫で厳重に保管されるという。

書類に署名をし、印をもらう。女官が二人、本を捧げ持って書蔵庫の中に入り、ややしばらくして出てくる。

「つつがなく、所蔵いたしました」

扉を閉めたのち、女官たちが一礼する。これで、たとえ蒼月本人だろうと統天の儀までは本に触れることができなくなった。

（まずは、一つ）

大きな達成感を、蒼月はしみじみと噛《か》みしめた。

だが、いつまでも浸ってはいられない。まだまだ、作業は始まったばかりだ。

『北天双星』を見送ったら、元気がでました。次に行きましょう、次に」

廊下を歩きつつ、蒼月は明るい笑顔で言った。

「次のお話は、決まりました？『瑠璃園物語』の代わりを探しておられましたよね」

『賢妻懲夫《けんさいちょうふ》』です」

並んで歩いていた朱莉が、ぎょっとした、とばかりの顔でこちらを見る。

「大丈夫ですか？ それ。いきなり不穏じゃありません？」

「不穏にくらいなりますよ。長編ですから」

「いやいやそうじゃなくて」

朱莉は、蒼月の前に先回りして、歩を止めた。

「……どうかしましたか？」

「ご夫君が、奥方に送る物語ですよ？ 夫を懲らしめる話じゃあ、困りません？」

「賢い夫が悪い妻を懲らしめる、なんて話なら大顰蹙《だいひんしゅく》ですけど、逆ですよ？」

「たしかに、そっちなら大顰蹙ですけど。だからって……」

ちょうど午後の休憩の時間だ。書房に茶器が運ばれていく。

女官らが過ぎていくのを待って、二人はまた文典殿の廊下歩き出した。

「岱は、采女制度で地方の女子教育を推進した国ですもの。他国はともかく、この御苑で読まれるにふさわしい物語です。──主人公は、小国の貴族の三女で、名は芳梅《ほうばい》。千年生きた仙人ほどに多くを知る、賢い娘です。国王はこの娘の聡明《そうめい》さを知り、王女の家庭教師を頼みます」

「大した出世でございますねぇ」

「そうなんですよ。──ところが」

「まぁ、そうですよね。多少不穏でもなくちゃ、物語にはなりませんもの」

「ここで、王子が出てきます」

「まだ、王子様の助けが必要な段じゃありませんけど」

「この王子、怠け者で大の学問嫌いなんです。この王子が御前会議で『女に学問は必要ない』と発言します。『女の本分は、父に従い、夫に尽くし、子を助けることにある。学問などなんの役に立とうか。いずれ政に口をはさみ、国を傾けるだろう。我が国の王女が学問などすれば民も倣う。国が滅ぶぞ』と」

うわぁ、と朱莉は、心からの嫌悪感を声に出した。

「清々《すがすが》しいほど腹の立つ男ですね！」

「芳梅は、翌日の御前会議で堂々と反論するわけです。『禽獣《きんじゅう》でさえ親から狩りを学ぼうものを。まして人ならばなおさら。女から学問を奪うのは、女を禽獣より劣ると言うも同然。お歴々は、ご自身の母御に同じことをおっしゃるのか』」

「いやいや、ちょっと待ってください。御前会議でございましょう？　いるのは男ばかりじゃないですか。そんなこと言って大丈夫なんですか？」

「大丈夫じゃありませんでした。女がでしゃばった、と大問題になりまして。やはり女に学問は不要、という世論に傾き、国中の学問好きの娘たちはさっさと嫁がされ、芳梅が家庭教師をしていた王女も、他国へと縁づけられてしまいました」

話をしているうちに、書房の前についていた。

届けられた茶の香りが漂っている。ちょうどいい。話し続けて喉《のど》もかわいている。茶を飲み、茶菓子の豆で一息をつく。

「続きは、どうなるんです？」

朱莉に促され、蒼月は話を続けた。

「芳梅は仕事を失いましたが、王子はまだ諦《あきら》めていません。なんと、ここで国王に『あの娘を妻にしたい』と言いだします。──嫌がらせのためだけに」

「呆れた。最低ですね！」

朱莉は、口をとがらせたままで豆菓子を頬張った。

「芳梅は結婚を受け入れました。新居に移るなり、王子は芳梅を部屋に閉じ込めてしまいます。――『御前会議での態度を謝罪せよ』と。食事も最低限だけ。とにかく謝るまでは外に出さぬ、というわけです」

「じゃあ、さっさと謝れば……いえ、ダメですね。そんな男に屈しちゃダメですよ！」

「そう。芳梅は一向に謝らない。とはいえ、芳梅は邸《やしき》の侍女たちが困っていれば、知恵を貸します。なにせ千年生きた仙人ほど賢いですから。信頼を得て、いろいろと融通してもらうんです。音を上げない妻に飽きた王子は、留学の名目で隣国に移り、毎日遊び暮らすようになります。思うまま女たちと酒を飲み、賭《か》け事に興じるのです」

　蒼月も、ここで豆菓子をつまんだ。

　二人でコリコリと豆を噛みつつ、やや静かになる。

「……そのバカ王子を見てたら、やっぱり学問は必要だって話になりません？」

「当然なります。王子の度の外れた放蕩《ほうとう》ぶりに、国王ばかりか国民も呆れ顔です。芳梅はその空気を読んだ上で、反撃に転じます」

「あら、しびれる展開。殴られる前に殴れ、ですね」

「それを言うなら、殴られたら殴り返せ、ですよ。――芳梅は実家と連絡を取り、美しい着物と化粧道具を手に入れ――隣国へ向かいます。華やかに着飾り、東方から来た未亡人と偽って王子に近づくのです。近づいて――」

「お、刺しますか？」

「刺しませんよ。それどころか、王子に優しく話しかけます」

朱莉は「刺さないんですか！」と抗議してから、首を大きく傾げた。豆を口に運ぶ手まで止まっている。

「でも、なんでです？　一発殴るくらいしてもいいのに！　そもそも、化粧だけで別人だなんて騙《だま》せます？」

「蓬元山《ほうげんざん》の仙女の化粧術を実践したということになっています。このあたりの描写は見どころの一つですね」

「なるほど。……読めました。バカな王子は恋に落ちちゃうわけですね？」

またポリポリと朱莉は豆を食べ始めた。

「ええ。王子は、この美しい未亡人が自分の妻だとはまったく気づかず、芳梅のかける恋の罠《わな》に端から全部引っかかります。その度にどんどん王子は夢中になっていくのです」

「バカですねぇ。奥さんを閉じ込めて、なにやってるんだか」

朱莉は呆れ顔で「バカですねぇ」と繰り返した。

「芳梅は、うまく王子を操縦します。恋の力は偉大で、王子は謎の未亡人に夢中になればなるほど、学問を重ねて賢くなっていきます」

「それが妻とも知らずに、ですか。いい気なもんですね！」

「ついに、王子は未亡人に求婚するべく、古い妻との離婚を決意します。急ぎ邸に戻れば、妻は実家にいるとのこと。王子は妻との面会を衝立《ついたて》ごしに許されます。『今まで済まなかった。申し訳ない。暮らしの面倒は一生見る。苦労はさせない。だから、離縁してくれ』。王子は、衝立ごしの妻に懇願するのですが——」

「勝手ですよね。——面倒は見るが、愛しはしないって。残酷です」

朱莉は豆を食べるのも忘れ、悲し気な表情になった。

「芳梅もそう言います。『夫婦の縁は、暮らしの面倒を見ることだけではありますまい』」

「もっともです」

はぁ、と朱莉は大きなため息をつく。

蒼月も、つられてため息をついたあと、茶で喉を潤した。終幕は間もなくだ。

『『せめて真心を見せてくださいませ』と芳梅は言います。ここから王子の懺悔《ざんげ》が始まるのですが——頁《よう》を三度めくらなくてはならないほど長いんですね。『芳梅。私が愚かだった。貴女《あなた》に満座で面目を潰《つぶ》されて、報復しようと思ってしまったのだ。許してくれ』。そこでやっと、芳梅は化粧をした姿で夫の前に立つのです。すべてを悟った王子は、改めて謝罪と求婚を妻にしました。こうして、放蕩王子を懲らしめた芳梅は称《たた》えられ、女子の学問の障害がなくなった、というお話です」

　終幕である。二人は、そろって豆を食べはじめた。

「めでたしめでたし、と言っていいやら……もうちょっとスパン！　と小気味のよい展開を期待しちゃいましたよ。王子をぶん殴るとか、平手を食らわせるとか……気のせいかもしれませんが、物語には碌《ろく》な男がいませんね」

「実際、この世は碌でもない男に満ちてますよ」

「また身も蓋《ふた》もないことを。……まぁ、妻を顧みない夫なんて、実際珍しくもないのかもしれません」

「まだ希望のある話じゃないですか。たとえ夫がハズレくじでも——」

　言いかけて、蒼月は言葉を止めた。

　こり、と豆を嚙みつつ思い出したのは、叡泉の顔だ。

「ハズレくじって！　たしかに。どんなに高貴でも、優秀でも、ハズレはハズレですね！」

　ははは、と朱莉は声を上げて笑った。

　どうやら、ハズレくじ、と聞いて朱莉も同じ人物を思い浮かべたらしい。なんとも不敬な話の流れだ。

「とにかく、これは妻が知恵で、夫の心を改めさせた——という希望のある話です」

蒼月が、話を締めくくったつもりでいたところに、

「割と——お好きですよね、陛下のこと」

と朱莉が半端に話を戻した。

蒼月は眉《まゆ》を寄せつつ、しばし考えたあと、

「好き嫌いの問題ではないでしょう」

と難しい顔のままで言った。

御苑内で、政の話題はご法度だ。叡泉の宗極殿での働きぶりは、ほとんど届かない。

だが、出家していた先帝の年上の従弟が即位する——という事態が、異例ずくめなのは論をまたない。先帝の従兄弟は他にも数多くいるのだから。

まして叡泉の生い立ちは複雑だ。世にいう『葛妃《かっき》の乱』により両親を亡くし、十に満たぬ年齢ながら、自ら寺に入ることを選んでいる。

本来ならば帝位に就くはずのない人である。だが、先帝が後継に叡泉を指名した時、反対する者は誰一人いなかったという。

——この国には、英才が必要だったのだ。

「まぁ、そうですけど」

「ただ、賓華様方を大切にされていますから。お優しい方だとは思いますよ」

「そうですね。妻の『暮らしの面倒は一生見る』わけですしね」

朱莉は、肩をすくめた。

先ほどの『賢妻懲夫』の話とかけて、嫌味を言ったらしい。

子はなさず、退位ののちは妻たちと別の寺に入る。いかに国政の混乱を避けるためとはいえ、御苑勤めの者にしてみれば、嫌味の一つも言いたくなるのかもしれない。これはきっと、朱莉一人の感情ではない。内苑全体が共有するものだ。

夜更けまで政務に没頭し、妻らを顧みることがない。

御苑内でも叡泉への不満の声は、ちらほらと聞こえてくる。

（賓華の皆様も思っているのだろうか。――『せめて真心を見せてくださいませ』と）

文と物語を贈れば、それが真心と言えるのだろうか？

芳梅は己を顧みない夫を許した。――蒼月の母は、許さなかった。夫を呪い、他の妻らを呪い、世を呪い。酒に溺《おぼ》れて一人泣く母の姿は、今も目に焼きついている。

（わからない）

今の蒼月にわかるのは、叡泉から受けた依頼の内容だけだ。

「――さて、仕事にかかりましょうか」

「はいはい、ちょいとお待ちを」

朱莉は口の中の豆を慌ただしく咀嚼《そしゃく》し、茶で流し込む。

蒼月の仕事は、賓華らを幸せにすることではない。それは夫の仕事だろう。

ひたすらに手を動かす。

そして、この御苑を出る。それだけだ。

余計なことを考える暇など、蒼月にはなかった。


作業は順調に続いた。

書蔵庫の扉が、重い音を立てて閉まる。

「つつがなく、所蔵いたしました」

貞至《ていし》五年六月二十日。二作目の『賢妻懲夫』の上・下帖《ちょう》が完成した。

この日は蒼月の休暇前日。予定より早い進行で切りよく収まった。

「お疲れ様でした、蒼月様」

「何事もなく済んでよかったです。お疲れ様でした」

笑顔で互いの労をいたわりあいつつ、二人は書房へと戻る。

柱の短い影がくっきりと濃い。蝉の声に、真白い雲。季節は移っている。

「いよいよ休暇ですね」

「えぇ。残る四つの物語を選んできます。……候補は絞ったのですが、なかなか決まらなくて。古典も、異国の話も、新作も、まんべんなく入れたいのです。もし新刊が出ていれば『架月黛山《かげつたいざん》』は外したくありません。亡国の王女と王子が艱難辛苦《かんなんしんく》を経て復讐《ふくしゅう》を企てる話で――いえ、こればかりは作者の玉釵《ぎょくさ》先生次第ですから、なんとも言えませんが。今、第五帖《じょう》まで出ていて、第六帖が最終帖ではないかといわれているんです。それから、私が隆国邸に置いている『火竜昇天《かりゅうしょうてん》』。これは東方の島国の神話をもとにしたお話で――」

「わかりました。蒼月様、わかりましたから」

蒼月のいつ終わるとも知れぬ説明を、朱莉は笑いながら遮った。

つい、物語の話になると熱が入ってしまう。こほん、と蒼月は咳払《せきばら》いをした。

「とにかく、きちんと四つ、選んできます」

候補は十作品ほど。どれも魅力的で捨てがたい。

代筆業もいよいよ収穫の時を迎え、珍しい物語も着々と集まっている。どれも面白く、候補を絞るのも一苦労だ。

だが、やはり賓華に捧《ささ》げる物語――となると、面白いだけでは選べない。

(『架月黛山』は、是非とも入れたい)

この『架月黛山』、蒼月が、今一番熱を入れて追っている壮大な物語だ。

采女《さいじょ》になって最初の休暇で見つけた時は、第三帖まで書肆《しょし》に並んでいた。その後、五帖まで手に入れている。

去年、書肆の店主に聞いた話では、次帖がいよいよ完結であるらしい。うまくいけば今年の休暇で、最新帖にして最終帖が手に入るはず——と踏んでいた。

「物語探しも結構ですが、せっかくの休暇ですから、ゆっくりなさってくださいよ」

「そうします。最近、本を読む時間が取れていませんでしたから」

笑顔で蒼月は答えた。

とはいっても、年明けの退職が叶《かな》えば、休暇もこれで最後だ。隆には岱ほど大規模の書肆はない。慎重に購入する本を吟味する必要がある。

「いってらっしゃいませ。こちらものんびりさせてもらいます」

上役の休暇中、掌記輔《しょうきほ》の仕事は雑用が主になるらしい。

本人の言によれば、折り合いの悪い実家と疎遠になりたくて、采女の道は選ばなかったそうである。「定年まで二十六年ありますから。さすがにあのジジイもくたばってるでしょう。楽しみです」といつぞや言っていた。

「土産を買ってきますね。——では、休暇明けに」

手を振る朱莉に見送られ、書房を出た。
(あぁ、楽しみ)
蒼月は晴れやかな顔で廊下を歩いていく。
書肆が、物語が、蒼月を待っている。
心はすっかり昂《たかぶ》っていた。眠れそうにもないが、早く牀《しょう》に入ることにしよう。
――その夜のことである。
(お酒でももらえばよかった)
早く牀に入るつもりでいたのに、高揚は一向に冷めやらない。
少し露台に出て、心を落ち着けようとしたところ――
突然、露台の下でかさりと音がした。
(……え？　なに？)
人影が、のそりと動き――囁《ささや》き声がする。
「こんな場所から、すまない。人目を避けた」
男の――叡泉の声だ。
ひょい、と軽く、露台の上に叡泉が現れた。
蒼月はぎょっとして、とっさに口を押さえる。並みより長身な叡泉が、突然現れれば、当然驚く。だが、驚きの理由は他にもあった。

今日の叡泉は、簡素な冠さえ被《かぶ》っていない。髪は三つ編みに編まれ、腰まで届く長さで背に垂れていた。

「え、叡泉様……？」

蒼月は、親兄弟以外の男性が、髪を下ろしているところさえ見たことがない。それも胸程度の長さだった。これほど長い髪の男性を見るのも初めてだ。

「言い訳をさせてくれ。寺では、この頭が常なのだ。非礼は詫《わ》びる」

そういえば、譲位後即座に寺に戻ることを示すために、髪を僧侶《そうりょ》の時のまま伸ばしていると聞いたことがある。

黒装束も含め、これが僧侶としての正しい姿なのかもしれない。

「ど、どうぞ。こちらへ」

面食らったが、戸惑い続ける余裕はない。辺りをうかがい、蒼月は叡泉を房内に導いた。

長椅子を勧めれば、叡泉は「すまない」ともう一度言ってから腰を下ろした。

（あんな約束をしたばっかりに！）

高揚などという段ではない。左の胸が痛みを覚えるほどに波打っている。

どうして草案を直接手渡したい、などというとんでもない頼みを受け入れてしまったのか。後悔せずにはいられなかった。寿命が縮む。

（いえ――でも、間違ってはいない。直筆の文は絶対に必要だもの）

蒼月は、後悔をすぐさま打ち消した。筆匠としての自身の能力を、過小評価するつもりはない。これは、意味も価値もある作業だ。

笑顔のまま、蒼月は自分も叡泉の向かいに腰を下ろした。

長い三つ編みにも、やや慣れた。姿の美しい人は、なにをしても様になるものだ。

「少し間が開いてしまったが、文の草案を持ってきた。よろしく頼む。太師」

「御多忙のところ、ありがとうございます」

「いや、多忙を理由にして、疎《おろそ》かにしてはならぬこともある」

叡泉は、真摯《しんし》な表情で言って、懐から草案を出した。

内苑の寝所でも、深夜まで政務を行っていると聞く。内苑で眉をひそめる者はたしかにいるが、彼の多忙さを非難する者はいない。

誰しも、わかっているのだ。今の岱が難しい立場にあることを。

諸国はこの二十年で、大二国、小八国の、合わせて十もの数を減らした。三百年ほどは二十をわずかに超す数を保っていた諸国は、今や十一国のみ。

一つの大国が、覇権を急激に伸ばしているのだ。

いずれこの強国が、岱をも飲み込む時がくるのではないか――という恐怖に、岱の人々は慄《おのの》いている。

若き皇帝の急逝。皇太子は乳飲み子。政治的混乱を招きかねないこの危機を、才気を理由に選ばれた叡泉は身を削りながら支えているのだ。

そんな多忙の合間を縫って、彼は文の草案を書いてきた。これが真心でなくてなんだというのか。頭の下がる思いである。

「拝見いたします」

蒼月は、紙を両手で受け取り、ぐっと眉頭《まゆがしら》に力を入れた。余計な感情を出してはいけない。たたまれた紙を、ゆっくり開く。

なにせ、あの独特な字だ。心の平静を保つには、努力が要る。

(あら、意外と……なんとか……)

かなり力を入れていた眉が、ふっと緩んだ。

(ん？　そこまではひどく……うーん……ん？　これはなんて？　あぁ、読みにくい！)

緩んだ眉が、またぐっと寄る。

余計な感情を出さない努力は、綺麗《きれい》さっぱり忘れてしまった。

字が、独特だ。読みにくい。

縦画が細長いとか、ハネが強いとか――運筆の癖は癖として、それほど壊滅的ではないはずなのだが。

（どうしてこんなにも読みにくいの？）

一文字一文字が、不思議なほどに読みにくい。

偏と旁《つくり》の位置が悪い。囲まれた空間が歪《いびつ》。読みにくい理由を探せば、そんなところだろうか。調子はずれな歌やら、調律のできていない琴の音を思わせる。

（こう歪な字では、賓華様がたが不安になられるかもしれない）

字の美しさは心の美しさ、という風潮はたしかに存在している。ここは多少、指導を入れた方がよさそうだ。

次に、蒼月はその内容を吟味しはじめた。

石のごとく長く久しく――巌《いわお》の万年を共に過ごす――数多《あまた》の砂礫《されき》のごとく――

（……石がお好きなのだろうか）

紙面には、度々、石やら岩やら砂が出てくる。

夫婦の絆《きずな》は、番《つがい》の鳥を用いるのが定番だ。白鶴、梟《ふくろう》、鷲《わし》、白眼鳥《めじろ》。狼や蛤《はまぐり》が用いられることもある。

（あ、また石が……盤石……岩窟《がんくつ》……なぜ、こんなに石が……？）

長い年月を、岩や石になぞらえること自体は、珍しくはないが、夫婦の関係に用いられることは稀《まれ》のように思える。

（いえ、これも立派な個性。大切にせねば）

最後まで目を通し、蒼月はそのように納得した。賓華らが夫の石好きを理解する日も近いだろう。

「……どうだろうか？」

問われて、蒼月は手で自分の眉間を確認した。シワが深い。

ささっと火熨斗《ひのし》のように指の腹でシワを伸ばし、にこりと笑む。

「ご多忙のところ、大変丁寧に書いていただきありがとうございます。僭越《せんえつ》ながら――」

「忌憚《きたん》ない意見を聞かせてくれ」

そうだった。叡泉は、蒼月を小娘と侮ることなく、太師とまで呼んだ。彼の柔軟さを信じて、ここは手短に行くとしよう。

蒼月は腹をくくり「こちらへお願いいたします」と叡泉を机の前の椅子に導いた。

「私が、初めて筆匠を頼まれたのは、二歳年下の弟のためでございました。大人の筆匠から逃げ回るものですから、同じく子供だった私が教えることになったのです。――秘密の道具を使って」

蒼月は、棚から一枚の銭を出した。

中原の多くで流通している五銖銭《ごしゅせん》だ。円形の銭の中央に、方形の穴が開いている、なんの変哲もない銅銭である。

「これは、銅銭だな」

「はい。こうして紙の上に置き――そのすぐ横に、おおよそ銅銭の丸の中に収まるよう、見当をつけながら字を書くように言ったのです。弟の書く文字は、本人と同じで、あちこち奔放に逃げ回りますものですから」

叡泉は小さく笑いながら、机の上の筆を手に取った。

「そうか。この丸の中に収める気持ちで……」

五銖銭を横に置き、一文字、『慈』と書く。

（まぁ！）

自分の提案ながら驚いた。間延びも、歪《ゆが》みもしていない。

はしゃいだ声を上げそうになるのをこらえ、蒼月は筆匠らしく指導を重ねる。

「それから、転折は、この穴と同じように書くといい、とも教えました」

叡泉の筆が、次の一字にかかる。『照』。そういえば、僧侶の信奉する神は、慈照神《じしょうしん》、といったような気がする。

（ものすごく……読みやすい！）

転折を曖昧《あいまい》にしなくなったことで、方形の空間が整った。

ほんの小さな変化のはずが、格段に上達して見える。

「ふむ。自分で言うのもなんだが……己の書いた字とは思えん」

叡泉は、紙を持ち上げてしげしげと眺めたあと、満面の笑みをみせた。

高い壁を上るには、程よい梯子《はしご》が要る。

蒼月の渡した梯子は適切であったし、叡泉もそれを快く用いたということだ。

大喝采《かっさい》を胸の内に留《とど》め、蒼月は控え目に笑む。

「この秘密の道具のおかげで、弟の字はずいぶんおとなしくなりました。父には大変感謝されたものでございます」

「私も――幼い頃から、父をずいぶん失望させてきた。我が父もこの場にいれば、貴女に心から感謝をしたことだろう。――そうか。円と方か。もっと早く知りたかった」

嬉《うれ》しそうに目を細め、叡泉は五銖銭を掌《てのひら》に載せた。

「失望などと……字が上手《うま》いのは、字が上手いというだけのこと。筆の癖は、筆の癖以外の意味を持ちませぬ」

「美しい字は、美しい心が書かせる――と人は言う。私の字は、父を不安にさせた」

蒼月も、つい先ほど思った。賓華らが不安になるのではないか、と。

だが、それは叡泉自身の人柄への評価とは違う。

むきになる必要はなかったが、こと字の話に関しては黙っていられない。

「弟は、字がおとなしくなったあとも、教師から逃げ回っておりましたし、字の美しさを求められる采女にも、意地の悪い者はおります。かく言う私も、筆で身を立ててはおりますが、とりたてて心根が優しいわけでもありません」

蒼月が早口で言えば、叡泉は顔をくしゃりとさせて笑った。

「あのように美しい字を書く貴女が、それを言うのか」

「私は、美しい字を努めて書いております。武人が弓を正しく射ようとするのと同じで、性格の良し悪しとは関係ありません。そもそも人の個性を、美点だ欠点だ、と人が勝手に断ずるのもいかがなものかと存じます。ご父君が、叡泉様の字に不安を覚えられたとおっしゃいますが――たとえば、偏と旁の間が広く書かれるのは、大らかで自由なお心をお持ちの方が。それから、しっかりとしたハネを書かれるのは、これと決めたことをやり抜く根気強さをお持ちの方が多うございます」

「……頑固な変人、ということか」

ぽつり、と叡泉が言った。

蒼月はギョッとして、叡泉の顔をまじまじと見てしまった。

「え？　あ、いいえ、違います。決してそのようなことは——」

頑固な変人。——まさに、御苑内の叡泉の評である。

動揺のあまり不自然な咳払《せきばら》いをすると、叡泉はぷっと笑いだす。

笑うまい、と思っているのに、つられて泣き笑いのような顔になってしまう。

口を押さえて耐えるうちに、スッと叡泉が表情を改めた。

「話を混ぜ返して悪かった。つまり、筆の癖は癖として、美点も欠点も表裏一体。文字だけで人柄を断ずるべきではない、と太師は言うのだな？」

真摯な表情だ。蒼月の言葉は、きちんと伝わっていたらしい。

「はい」

蒼月は手を下ろし、うなずきつつ答えた。

「なるほど。多少字が変わったところで、私の人柄になにが起きたわけでもない。ここに来る前も、今も、私は私だ。——秘密の道具の功だな」

叡泉は、持っていた五銖銭を机に戻そうとした。

「よろしければ、お持ちください」

「よいのか？」

「どうぞ。御苑ではかえって手に入れにくい品でございましょうし」

五銖銭一枚で買えるものといえば、屋台の葱餅《ねぎもち》二つがせいぜいだ。青漢城《せいかんじょう》に住まう岱皇帝には縁のないものだろう。

「礼を言う。ありがとう太師」

叡泉の笑顔が、蒼月に大きな達成感を覚えさせた。

統天の儀に向けて、視界は良好。追い風さえ感じる。

「勝手ながら、私は明日より休暇をいただきます。戻って参りましたら、またもう一度草案をいただけましょうか？　お手数ですが——できれば五銖銭をお使いの上で」

「わかった。そうしよう。使うのが楽しみだ」

叡泉が快諾し、話はうまくまとまった。

実に有意義な時間であったと自画自賛する。残る課題は自身の安全確保だ。

(そろそろ、ご退出いただけると助かります、叡泉様)

そんな蒼月の心は、読めているやらいないやら。

「物語の進み具合は、どうだ？」

叡泉は、椅子から立ち上がりこそしたが、その場から動かずに問うてきた。

「つつがなく進んでおります。休暇の間に、贈り物にふさわしい物語を見繕って参りますので、ご安心ください」

「そうか。順調でなによりだ。——これを使ってくれ」

叡泉が、袍の懐から袋を出した。

両手で受け取れば、ずっしりと手に重みがかかる。

「こちらは……?」

蒼月は、慌てた。袋越しに触れた限りで、円形をしていない。恐らく、銀銭だ。

「物語を見繕うのに使ってくれ。残りはそなたが好きに使うといい」

「陛下！　こんなにはいただけません！」

「よいのだ。貴重な休暇を割いてもらうのだから、これくらいはさせてくれ。それと——これを、持っていてもらいたい。そなたが私の特使であるという証《あかし》。使う際に、一々私に確認を取る必要はない」

渡されたのは、珊瑚《さんご》の璧《へき》だった。

いったん袋を机に置き、両手で受け取る。自然とそうせざるを得ない格の品だ。

鮮やかな紅色の、つややかな璧。受け取る手が震えそうになった。

岱国特使、と彫られた金の札までついている。

(なんと美しい……でも、どうして、こんな大層なお品を?)

物語を集めるのは、書肆に行くだけで済む。

選書は、経験が物を言う。時間もかかる。簡単ではないが、蒼月一人で完結する作業だ。

皇帝の特使の札が必要になるとは思えない。

「光栄でございます、叡泉様。拝受いたします」

なんにせよ、皇帝に下賜されたものを断るわけにはいかない。銭も璧も受け取らざるを得なくなった。

この上は、仕事で応《こた》えるのが筋だろう。

美しい紅色の璧に触れれば、気の引き締まる思いだ。

「そなたの休暇中に、晏《あん》国の王女が入宮《じゅきゅう》する」

突然の報《しら》せに、手の動きがぴたりと止まっていた。

──晏国の王女が、入宮する。

東六殿の最後の一つが埋まるのだ。

六つの大国のうち、最大の領土と軍事力を誇る晏国の王女が入宮する。これほどの重大事でありながら、蒼月は今初めて耳にした。恐らく、入って間もない情報なのだろう。

晏国は王女を岱に送るか、否か。叡泉の即位以来、青漢城では緊張状態が続いていた。

いずれ岱に取って代わる意思があるとすれば、晏国が王女の入宮を見送る可能性もあるのではないか――という声もあった。

その答えがついに出たのだ。――王女は、御苑に来る。

「左様でございましたか。祝着至極にございます」

蒼月は、拱手をして祝辞を述べた。

単純な入宮を祝う意味と、晏国の姿勢が恐れていたよりも強硬ではなかったと喜ぶ気持ちを同時にこめた。青漢城にいるすべての人が似通った感情を抱くことだろう。

「すでに王女は、晏国を発したそうだ。――護衛の長は、王女の兄にあたる魯仲尹《ろちゆういん》将軍。そなたも名は知っているだろう」

突然、耳に飛び込んだ言葉が、背のあたりでずんと重さを持つ。

息苦しさを覚え、蒼月は背を曲げて胸を押さえた。

「……存じております」

答える声が、かすれた。忘れようはずもない。

魯仲尹。蒼月の故郷を滅ぼした男の名だ。

「多くの血を、各地で流してきた人物だ。魯将軍の皇都《こうと》入りを狙い、暗殺を企《たくら》む者が花嫁行列を狙っているとの情報がある」

叡泉は、ゆっくりとこちらを向いた。

心を読まれたくない。蒼月は視線を床にそらした。

動揺している。呼吸をゆったりと繰り返し、落ち着こうと努めたが、きっと隠し切れてはいないだろう。

「晏国軍は精鋭ぞろいと聞いております。王女様の御身は守られましょう」

「襲撃を企てているのは黒爪党《こくそうとう》——晏国が滅ぼした国々の遺臣らだ。いずれかの亡国の王女を旗頭にしたと聞く」

黒爪党。

晏国への復讐《ふくしゅう》を誓った者たちが自らをそう呼んでいる。毒に爪を浸し、己の肉体を侵してでも一矢報いんとする決意を示す名だという。

「左様でございましたか……」

もう、目をそらし続けることはできなかった。

叡泉の瞳《ひとみ》は、蒼月を見つめている。咎《とが》めるでもなく、ただ静かに。

(私が何者かを、陛下はご存じなのだ)

采女の素性は伏せられるものだが、試験においては正しく申告する必要がある。

蒼月の申告には、多少の嘘が混じっていた。そう珍しくもない話だ。なにせこの二十年で十もの国が滅びている。晏国の残党狩りは執拗《しつよう》だ。亡国の王族も貴族も、多少の嘘でもつかねば身を守ることができないのだから。

——蒼月は、浩志国《こうし》の王女として生まれた。

晏国に攻められ、九年前に国は滅びている。父も、兄たちも、弟たちや姉妹らも、酷《むご》く殺される中、蒼月は母と共に燃え盛る王宮から逃れた。

そして逃避行の末、隆国に至っている。母の妹が、隆国の王弟に嫁いでいたからだ。蒼月は隆国王弟の庶子という偽りの身分で迎えられたのである。

（素性をご存じの上で、私に話しておられる）

叡泉は、蒼月の怯《おび》えを含んだ緊張をよそに、話を続けた。

「黒爪党は、各地で暴力行為を繰り返し、罪なき人まで巻き込んでいる。彼らの暴挙を、許すことはできない」

蒼月は眉《まゆ》を寄せ、小さくうなずいた。

多くの血が、流れてきた。あまりに多くの。

晏国の攻撃は苛烈《かれつ》である。狙う小国に国が傾くだけの財と、田畑が保てぬだけの兵を寄《よ》越《こ》せと要求してくる。受けねば総攻撃。受けても難癖をつけて攻撃。王族、為政者、その家族も、女子供にまで酷い処刑を行い、軀《むくろ》を晒《さら》す。王宮や陵墓は略奪ののちに焼き払う。処刑をまぬがれた兵も、多くは肉刑によって未来を奪われる。

税は重くのしかかり、払えねば即座に強制労働を課せられる。晏国はその広大な領土を横断する運河を建設しており、常に労働者を求めていた。奴隷同然に送られて、帰った者は一人もいない。過酷である。遺臣らが、仇《あだ》を討ちたいと願う気持ちは、人の心を持つ者ならば誰しも理解できることだろう。

だが、黒爪党の過激な報復が、静かに暮らす遺臣らの平穏を乱し、無辜《むこ》の民をも巻き込んでいることは事実である。黒爪党を許すことはできない。為政者ならば、当然の判断だ。

そして、黒爪党は、常に亡国の王族を旗頭に立ててきた。

だからこそ――叡泉は、蒼月に黒爪党の話をしているのだ。

「…………」

蒼月は、言葉もなくただただうつむいていた。

「休暇の間、身辺にはくれぐれも気をつけてくれ。時期が悪い。そなたの存在を、利用せんとする者が現れた時は、その璧を用いよ」

「――ご配慮、心より御礼申し上げます」

岱皇帝から、特別に信頼された者の証。大袈裟《おおげさ》に見えた珊瑚の璧は、死に場所を求めて暴走する黒爪党の手から、蒼月を守るために渡されたらしい。

叡泉は、扉の前で一言呟《つぶや》いた。

「嘆かわしいことだ。世が、怨嗟《えんさ》に満ちている」

この時、ちらり——と頭をかすめた思いがあった。

小国の王宮が焼き払われる間も、この人はこうして憂いていたのだろう、と。

凄惨《せいさん》な処刑が行われた時も、きっと。指一本動かすことなく。

諸国は、長く岱を中原唯一の権威と認め、王号を岱から授かる形でそれぞれの領土を治めてきた。岱は親。大国は兄。小国は弟。そのようにして秩序は保たれてきた。

だが、晏国に襲われて滅びた十国に、岱が手を差し伸べたことは一度としてない。

「その尊いお気持ちが遺臣らに伝われば、怨《うら》みの刃《やいば》も鋭さを失いましょう」

龍の化身は、人の心が読めるという。

空虚な言葉だったが、叡泉は世辞はいい、と言わなかった。

——憂うるだけならば、誰にでもできる。

故郷を襲った凄惨な暴力から、もしも救い得るものがあったとすれば、岱の権威の他にありはしなかった——

簡単な挨拶《あいさつ》ののち、叡泉の姿は闇の中に消えていく。

蒼月の胸にあった嵐に、気づいていたのかどうか。人の心など読めぬ蒼月には、わかりようもなかった。

第二幕　血塗られた花嫁

貞至《ていし》五年六月二十一日。

諸々《もろもろ》の手続きを終えた甄蒼月《しんそうげつ》は、花養舎《かようしゃ》を出た。

荷物といえば、筆箱だけだ。他は皇都《こうと》内の隆《りゅう》国邸に準備されている。

いつもならば苑申門《えんしんもん》に向かって出勤する時間に、逆方向の大顚門《だいてんもん》を出た。

ここからは、青漢城《せいかんじょう》の西賀《せいが》門《もん》を遥々《はるばる》と目指す。蒼月の足で半刻以上はかかるが、自由への道と思えば、苦痛は感じない。

西賀門を出れば、迎えの馬車が待っていた。

隆国の班《はん》家の紋章である、双頭の鷲《わし》の旗が見える。

「おぉ、蒼月！　久しぶりだな！」

出迎えたのは、班寧堅《ねいけん》。隆国の第三王子だ。蒼月の二つ年上である。

蒼月は、隆国の王弟の庶子――ということになっているので、形の上では従兄妹《いとこ》同士だ。

寧堅から見て蒼月は、叔父《おじ》の妻の姪《めい》である。やや関係は遠く、血縁はない。

「寧堅さん、お久しぶりです！　皇都にいらしていたのですね」

「今年の朝観《ちょうきん》を任されてな。年明けまでいるつもりだ」

彼は武人として、早い時期から頭角を現していた。この三年で、さらに逞《たくま》しく成長したように見える。容貌魁偉《ようぼうかいい》な二人の兄たちと並んでも、もう見劣りはしないだろう。

「そうでしたか。おめでとうございます」

蒼月が笑顔で祝えば、寧堅は得意げに片頬を上げた。

年に一度の朝観を任されるのは、王家の男子として一族に認められた証《あかし》だ。

岱《たい》は諸国の王族の教育に広く門戸を開いており、政治、軍事、産業と、望めば学びの場が多く用意されている。朝観が留学を兼ねる場合も多い。

「まぁ、国境の守りで忙しい兄上らの代理だがな。我が子が生まれたばかりだというのに、腕にも抱けん」

寧堅は、すぐに得意げな顔をやめた。

そういえば、寧堅は今年第二子となる男子を授かっていたことを思い出す。

「ご子息のご誕生、おめでとうございます。奥方様もお健やかでなによりです」

「蒼月から祝辞をもらうのは三度目だな。冬の終わりに来た手紙に書かれていたぞ。お前が書いたものと、妹から来たものと――あれもお前が書いたのだろう？　妹があんな気のきいたことを書いて寄越すものか」

「あぁ、そうでした。たしかに、これで三度目です」

筆匠として、最後の仕事になった文だ。――直後に、叡泉から石《おくりもの》が届いたがために、以降は別の尚殿《しょうでん》が任されるようになった。

苦い記憶だ。苦さがそのまま顔に出そうになるのを、無難な笑みでやり過ごす。

「文の字が急に変わったのを不思議に思っていれば……秘書小監《ひしょしょうかん》にまで出世していたとは恐れ入った。さすがは我が従妹殿《いとこどの》だ。叔父上が御苑《ぎょえん》から届いた書状を見せてくれたぞ。叔母上は額に入れて、客間に飾っているそうだ」

養父母の笑顔が目に浮かび、蒼月は目を細めた。

采女《さいじょ》試験を受けると言った時、養父母だけは心から応援してくれた。きっとこの出世も喜んでくれたことだろう。

（まだ、御苑を出ることは言わないでおこう）

皇帝から直々に統天《とうてん》の儀《ぎ》の贈り物を任されたこと。褒美として退職を許されたこと。大変な名誉である。きっと喜んでくれるだろう。養父母に早く教えたい――という気持ちはあったのだが。

ここでうっかり口にしては、不首尾に終わった時に落胆させてしまうかもしれない。

蒼月は冷静に判断し、なめらかな舌を止めることにした。

「隆賓華《りゅうひんか》様も、お元気でいらっしゃいますよ。直接お仕えこそしていませんが、ご様子はうかがっています」

「そうか。あいつは生粋の筆不精だからな。最近は御苑の様子がまったくわからん」

賓華は、岱皇帝の妻であるばかりが役割ではない。国元に御苑の様子を書き送るのも大事な仕事だ。

緊迫した政情は厳しさを増しており、諸国は舵取《かじと》りに腐心している。閉ざされた御苑から送られる情報は貴重だ。王女一人には荷が重いことも多いため、代わりに情報を集め、筆を執るのが采女の任務である。

「尚殿は、私が抜けても三名おりますのに」

「報告に中身がない。どれもこれもスカスカだ。父上も人選を後悔しておられる。――続きは馬車で話そう」

魏淑苓《ぎしゆくれい》の顔が、ちらりと浮かんだ。

ここで、部屋を荒らされた件を報告すれば、淑苓のクビは簡単に飛ぶ――が、やめておいた。人員が少なくなれば、穴を埋めろと言われるに決まっている。

蒼月の完璧《かんぺき》な計画では、既に退職金と年金が約束されているのだ。ここで「留《とど》まれ」と隆国側に言われては都合が悪い。

(淑芩には、頑張ってもらわないと)

馬車に乗り込む。寧堅は向かい合わせに座った。

向かう先は隆国の国邸だ。皇都には、諸国がそれぞれに国邸を持っている。隆国邸は皇都の中央部にあり、西賀門からは馬車で半刻もかからない。

「今年の采女試験はいかがでした？」

「不作だ。国内の試験で全員落とした。父上も采女の質には敏感になっておられる。頼みの綱のお前が定年を迎えるまでに、有能な采女を送らねばならんのだが」

どうにも、風向きが悪い。

年明けには退職します、と言わずにおいてよかった。

(私だって、定年まで勤めるつもりでいたのに。――降格さえされなければ)

この未曽有《みぞう》の混乱期。蒼月とて、自分を救ってくれた隆国の役に立ちたいと願っていた。だが、義理だての末に待っているのは、悲惨な末路だけだ。

「王はお変わりありませんか？」

ひとまず、話題を変えることにした。この話に益はない。

「ご壮健だ。――最近は、お前の縁談探しに夢中になっているぞ。定年は二年と半年も先だというのに、気の早いことだ」

馬車が動き出す。

車輪の音や馬の嘶《いなな》きで、寧堅の言葉の一部を聞き逃したか、聞き違えたのか。

「縁談？　私の？」

蒼月は、パチパチとまばたきをして聞き返した。

「あぁ、縁談だ。なかなかの人選だったぞ」

「え、ちょ……ちょっと待ってください」

聞き間違いではないらしい。蒼月は混乱した。

「軍機大臣の董《とう》家の次男に、大将軍の葉《よう》家の三男に――」

「寧堅さん！」

「隆国内だけではないぞ。陶《とう》国の宰相の長男が、是非にと縁談に熱を入れているそうだ。あとはたしか――」

蒼月は「聞いてください！」とやや強い声で寧堅を止めた。

「相手のえり好みをしているわけではありません！　私、生涯独り身で通すことを、王にお許しいただいているはずです。人違いではありませんか？」

「いや、たしかにお前の縁談だ。従妹《いとこ》で未婚なのはお前しかいない。十歳の末の妹さえ、去年のうちに、縁談がまとまった」

たしかに、今、隆国の王家に連なる者で、未婚の女は蒼月の他にいない。

だが――

「でも、采女試験に合格すれば、あとは自由にしていいと、王はお約束くださいました。私はそうと信じればこそ、試験を受け、采女として御苑に上がりましたものを」

あまりにも、大きく話が違っている。

「良縁を用意すれば、お前もうなずくだろう――と父上は信じて疑っていないぞ」

采女試験は、国試にも相当する厳しい試験だ。合格するまで、どれほど懸命に励んだことか。好きな物語も封印し、ひたすらに学問に打ち込んだのは、他に女が独りで生きる方法がなかったからだ。

独り身で隠居生活を送り、執筆に没頭したい。――それだけを心の支えに生きてきたというのに。

腿《もも》の上で握りしめた拳《こぶし》が、わなわなと震えた。

「私は、王とお約束いただきました」

「……幾つの時の話だ？」

「母が亡くなったあとですから、十一歳です」

「ほんの子供の頃の話ではないか。定年の頃には、気持ちも変わろう」

寧堅は、取り合う様子がない。

子供の戯言《たわごと》。そう思われている。蒼月の眉《まゆ》はきっと吊《つ》り上がった。

「お顔を合わせる度に、王に確認して参りました。何度も、何度も。一番最近では、先代の隆賓華様と馬車に乗り込む前にも。私はどこの誰にであろうと、決して嫁ぎません」

ふむ、と寧堅は腕を組んだ。

「なるほど。どうやら、父上の思い違いのようだな」

「……確認の文を、定期的にお送りすべきでした」

蒼月の鼓動は、まだひどく速い。

なにをどう勘違いしたのか知らないが、ひどい誤解だ。

(まずは早急に、誤解を解かねば)

このまま浮かれて年明けに帰国すれば、王は手を叩《たた》いて喜ぶだろう。

二十二歳で帰ってくるものと思ったものが、十九歳で帰ってくるのだ。花が枯れる前に戻ってきた――くらいのことは言いかねない。いや、きっと言う。

「まぁ、父上も悪気はないんだ。お前の幸せを願って――」

「私の幸せは、私が選びます」

蒼月は、憤然と答えて、それきり黙った。

（急がなければ――）

隆国は、一字国号を許された六大国の一つである。

国土の広さは六国中五番目だが、古くから周辺諸国との婚姻で縁を繋《つな》ぎ、巧みな外交で国を栄えさせてきた。

王弟の庶子であろうと駒は駒。一つでも多い方がいい、と判断するのは当然だ。

しかし――

（私には、隆国の班家の血など入っていない）

王弟の庶子として縁談を進めれば、相手を欺《あざむ》くことになる。

いや、問題はそこにはない。人を欺くことを恐れるがゆえに、嫁がぬと決めたわけではないのだ。俗世を離れ、自らを養う。それ自体が己で選んだ道だ。

揺れる馬車の中で、蒼月は口を引き結び、窓の外をにらんでいた。

ほどなく、馬車は隆国邸に到着する。

貴族の邸《やしき》が立ち並ぶ区画の中でも、取り分け大きい建物である。

「そう拗《す》ねるな、従妹殿。昼食は一緒に摂《と》ろう。御苑の話を聞かせてくれ」

先に馬車から降りた寧堅は、蒼月の頑《かたく》なさに苦笑していた。まるきり子供扱いだ。

「拗ねてなどいません。お昼は部屋に運んでくださいませ。私、王に差し上げる文を書かねばなりませんので」

「急ぐ話でもないだろう。二年半も先の話だぞ？」

いや、急ぐ。とても急いでいる。

統天の儀は年の終わりに催される。それを見届けたのちの退職となれば、ほんの半年先の話でしかない。嫁ぎません。考え直せ。絶対に嫁ぎません。――そんなやり取りを文で繰り返している間に過ぎてしまう時間である。

「ご多忙のところ、わざわざ迎えに来ていただきありがとうございました。では、失礼いたします」

にっこりと笑顔で会釈して、蒼月は足早に国邸の中に入った。

母屋を抜けて、西の対に向かう。

ここに蒼月はじめ、隆国の采女たちの部屋がある。

采女は、青漢城外でも重く扱われるのが常だ。諸国で五位といえば、政治の中枢に関わる高官の位階である。休暇は年に一度にもかかわらず、それぞれ個室が与えられていた。

蒼月の部屋は半ば倉庫になっており、本でいっぱいだ。

（この休暇のうちに、隆国に送っておこう。これから増える一方だし……いいえ、今はそん

な悠長なことを言っている場合ではない。文を書かねば——一刻も早く)

蒼月は、キッと表情を鋭くして、棚に常備してあった紙を広げた。

(絶対に！　嫁ぎなど！　するものですか！)

蒼月は、『賢妻懲夫《けんさいちょうふ》』の芳梅《ほうばい》のように、自分の意思を堂々と述べねばならない。

書いたのは、獅子《しし》の王が鼠との約束を守った話だ。

蒼月は一心不乱に筆を動かし——最後の文字を書き終えると、

「できた！」

と声に出して言った。

——鼠との約束を重んじさせたものこそ、獅子の王の徳。鼠相手の約束とて、軽んじることなかれ。

我ながら、よい出来だ。

ここまではっきり書けば、さすがの王も蒼月の意思を誤認しないだろう。

王が腹を立てたとしても構わない。群臣が呆《あき》れれば、それもかえって好都合。今ある縁談も立ち消え、ついでに今後の縁談も消え去れば御の字だ。

(今すぐにも、王宮に届けてもらいたい)

気は急《せ》く。だが、まずは墨が乾くのを待つところからだ。

蒼月は遣《や》り切れない気持ちのやり場を失い、牀《しょう》に身を投げた。

ごろりと仰向《あおむ》けになれば、窓の外に空が見える。

澄んだ高い空に、ぽっかりと白い雲。

遠くから、子供たちの騒がしい声が聞こえてくる。昨年まで隣は空き家だったが、人が住み始めたらしい。

涼しい風に乗って届く子供たちの声を聞いているうちに、心の嵐はやや勢いを失った。

(どうしてこうもままならないのだろう)

ままならない。まったくもってままならない。

蒼月は、自分で決め、自分で行動し、自分で未来の約束も取りつけた。運命の流れに身を委《ゆだ》ね、嘆くばかりの人生など選んでこなかったはずなのに。

いや、これは生きている限り、繰り返されることだ。障害など覚悟の上。平易ゆえに選んだ道ではない。

(行く手を遮る岩があれば、除《の》けるのみ)

うっかり岩をたとえに使ってしまった。蒼月の眉は複雑に寄る。

ともあれ——動かねば。

牀から身体を起こすと、てきぱきと竹の書筒に文を詰め、蠟《ろう》で封をし、国邸内の窓口へ持っていった。

書筒を出し終えて部屋に戻れば、とうに冷めた昼食が置いてある。

(負けるものか)

むしろ、王の誤解を事前に知れた自分は幸運である。冷めた粥《かゆ》をかきこみながら、蒼月は鋭く隆国のある北西をにらんでいた。


翌朝、蒼月は書肆《しょし》に向かうつもりで部屋を出た。

せっかくの休暇だ。袍《ほう》は少し華やいだ藤色のものを選んでいる。

「蒼月」

付き添いの侍女と一緒に国邸の前庭に出れば、寧堅が待ち構えていた。

「おはようございます、寧堅さん」

「出かけるのか？」

「はい。書肆に参ります。今日は午後までそちらで過ごす予定です」

「送る」

寧堅が指示を出せば、すぐに双頭の鷲の旗のたなびく馬車が前に停まる。

侍女と二人で、身軽に出かけるつもりだった。帰りには、書肆が面する市場の屋台で、こんがり焼けた葱餅《ねぎもち》でも食べようと計画していたというのに。

「馬車を使うほど遠くはございませんから、どうぞお気遣いなく」

蒼月はやんわりと断り、寧堅の横をすり抜けようとした。

「いや、送る」

寧堅は、さっと蒼月の進路を塞《ふさ》いだ上、侍女の同行まで勝手に断った。

「大袈裟《おおげさ》な。すぐそこの橋を渡った——広場に面した書肆に行くだけですよ？　ご心配いただくようなことはございません」

寧堅は「では、歩いていこう」と言うと先に歩き出した。

あくまでも一緒に来るつもりらしい。

（葱餅は無理ね。……楽しみにしていたのに）

護衛程度ならば、なにも一国の王子でなくとも済む。隆国邸には、五十人ほどの兵が常駐しているのだから。

なにか別な目的でもあるのかもしれない。蒼月はむくれ顔を引っ込め、あとに続いた。

門を出たところで右に曲がったので「左です」と伝える。

歩き出してすぐ、寧堅は、

「なんだって、お前はそう頑ななんだ」

と不満そうに言った。

「書肆は左です。右にはありません」

蒼月も不満顔で言い返す。

「そうではない。父上は、お前を我が子同然に思っている。縁談の相手も、まともな家のまともな男ばかりだ。采女《さいじょ》の嫁を求める家だぞ。お前が多少の変わり者だろうと、その才を大事にするだろう」

わざわざついてきたのは、説教が目的だったらしい。

（どうせ用があるのは、賢い息子だけでしょうに）

寧堅は、なにもわかっていない。蒼月は、さらに顔を不機嫌にする。

「なにをどのように諭されましても、私の決意は変わりません。誰にも嫁ぎませんし、誰の子も産みません。強いるならば、寺に入ります」

「おいおい、穏やかじゃないな。よく知らんが、寺など人生の墓場だぞ」

「私も寺には詳しくありませんが、喉《のど》を衝《つ》くの、首をくるのと言うよりも、ずっと穏やかな話です」

はぁ、と大きくため息をつかれた。

蒼月も、そんな反応には慣れている。むっと口を引き結んだまま、譲らぬ意思を示した。

「なんとでもおっしゃってください。どなたにも迷惑をかけぬよう、自ら稼ぎに出て、自らを養うつもりで采女試験を受けました。王ともお約束いただいています。誰に誹《そし》られる謂《いわ》れもありません。今や四位ですよ？　私が男子であれば、一族が諸手《もろて》を挙げて祝福していたはずです」

「頑固だな」

「お前は女だ。それも王族の——独り身の女だぞ」

そんなことは、百も承知だ。王族に生まれ、王族として育った。偽りの身分さえ王族である。他の何者にもなれはしない。

「王には、我ら母子を助けていただきました。ご恩は決して忘れません。養父母への感謝も、日々改めております。ですから、せめて私は自らを自らの手で養うと申し上げているだけのこと」

「妻となり、母となる。それが女の幸せというものだ」

一生、この話が交わる場所はない。

「この血は、私の代で絶やします」

蒼月は、話を終わらせるために、本音に近いところを言わねばならなくなった。

言ったあとは、苦虫《にがむし》を嚙《か》み潰《つぶ》したような顔になる。

寧堅は、すぐに反応をしなかった。

だが、少なくとも蒼月の意見をねじ伏せようとはしていないのはわかる。性根の優しい人なのだ。彼の妹とは違って。

馬車が二台、続けて横を通っていく。

会話は一度途切れたが、

「父も、父なりに、姪《めい》を案じている」

馬車の音が遠くなってから、ぽつりと寧堅は言った。

「ご恩を忘れた日はございません。ですが……」

「お前の素性を正しく知る者は、ごく少ない。相手を欺《あざむ》くことで気は咎《とが》めるかもしれないが、お前が告げさえしなければ、夫となる者も気づきはせん。どんな夫婦にも互いに秘しているることくらいはあるものだ。恐れるな」

今度はこちらが黙る番だった。

必ずしも、彼らは蒼月の決意を戯言《たわごと》と聞き流しているわけではないのだろう。

蒼月が結婚を嫌っていると理解した上で、頑なに独身を貫かなくとも、別の道はある

――と言っているのだ。

(気の咎めばかりが理由ではないのに)

いつでも、周囲の男たちの気づかいは、蒼月の思いとずれた場所にある。

「そこを、右です」

だが、蒼月は補正を試みはしなかった。

嫁がないのは、もう蒼月が心に決めたことである。揺らぐことはない。

考えを改めるとすれば、隆国王や寧堅の方だ。

そのうち、広場についていた。あちこちに露店が並び、雑多に食べ物の匂いが入り混じっている。

蒼月が手で「そこです」と書肆の看板を示す。

沈みっぱなしの気分も、書肆を目の前にすればグッと上向く。

「あまり長居はしてくれるなよ？」

寧堅には興味の湧かない場所らしい。もうあくびをしていた。

「あら、お帰りいただいても構いませんよ？　あとで侍女を遣わしてくだされば」

「そうもいかん。父上からくれぐれも、と頼まれている」

その寧堅の科白《せりふ》で、やっと蒼月は彼の一連の行動の動機を理解した。

（黒爪党《こくそうとう》との接触を、警戒しているのね）

どうりで王子みずからが護衛などを買ってでるわけだ。

——晏《あん》国の魯《ろ》将軍襲撃を、黒爪党が計画している。

黒爪党は、これまでも各地で多くの報復行動を起こしてきた。

旗頭になるのは、いつも亡国の王族であった。

記憶に新しいところでは、二年前に西の小国・予鵬《よほう》国の王子。五年前には東の大国・汪《おう》国の王女が旗頭となっていたはずだ。いずれも失敗に終わり、酷《むご》い最期を迎えている。

（杞憂《きゆう》だ——と思っていたけれど……）

蒼月自身は、浩志《こうし》国の遺臣と一度たりとも関わっていない。周囲の努力のおかげで、これまで接触の機会さえなかったのだ。

しかし——叡泉《えいせん》は知っていた。

隆国の一部の王族しか知らないはずのことを、知っていたのだ。

ならば調べた者がいる。報告がどこかに上がり、皇帝の耳に入った。叡泉の耳に至るまでに何人もの耳を経ているはずだ。岱の中には、蒼月の素性を知る者が、他にもいると考えるのが自然だろう。

隆国側の用心は、正しい。蒼月は、寧堅の態度と行動に理解を示した。

「お手間をかけます。急ぎたいところですが……御苑《ぎょえん》の皆様から、頼まれ事があれこれとございまして。手短に、というのが難しくございます。少々時間はかかりますが、お許しくださいませ」

蒼月がぺこりと頭を下げると、寧堅は「御苑の人間関係も大変だろうな」とこちらも理解を示し、後ろについてきた。かえすがえすも、あの隆賓華と同じ母親の腹から出てきたとは思えない人である。

扉を開けば、墨と紙の匂いがした。それから、虫よけの香《こう》。

蒼月は、胸いっぱいに香りを吸い込む。

ともあれ、本だ。

本を前にしている時だけ、わずらわしいことは忘れられる。

(さて――仕事仕事。物語を選ばなくては)

ここは、物語の宝庫だ。

店の奥から、本を抱えた若い女性とすれ違った。侍女と老僕がうしろに続く。

「どこにでも、お前のような娘はいるものだな」

「中原中におりますよ」

蒼月は、笑顔で寧堅に言った。

書肆の客は貴族の女性らがほとんど――つまり、物語文化の担い手ばかり。

諸国の王族や貴族らも、よく訪れるそうだ。年に一度の朝観《ちょうきん》のついでに国元の女たちに物語をねだられるのだという。

幼い頃の蒼月にとっても、父の朝覲ほど心の躍ることはなかった。

今、蒼月は父の見た風景を前にしている。

父は、ここで帰りを待つ娘の笑顔を思っただろうか。

「いらっしゃいませ」

上品な白髪の店主が、頭を下げる。客も女ならば、店主も女だ。蒼月は会釈をして、目当ての本棚の前に立った。

並ぶ本棚に、思わず武者震いが出る。

まずは一冊。去年のうちに目星をつけていた本を手に取り、頁《よう》の上に目を走らせ――パッと表情を明るくした。

(よかった。清《きよ》らの君《きみ》の字だ!)

物語の彩りは、書き手の文字に大きく左右される。

蒼月は、この写本家を清らの君、と呼んでいた。理想の文字だ。六つの物語の写本も、すべて彼女の字を真似ている。

澄んだ故郷の風を思わせる、癖のない字。崩し字ながら整然としているのは、楷書《かいしょ》を書きなれているからに違いない。きっと深い教養の持ち主だ。

まず、蒼月は清らの君の筆による『康州物語《こうしゅうものがたり》』の第四帖《じょう》を確保した。六つの物語に加える候補の一つである。

次に、懐具合の事情で買えずにいた物語を三つほど。幸いに資金は潤沢だ。

（あとは『瑠璃園物語《るりえんものがたり》』を揃え直さないと……）

別の本棚に移動したところで、店主が「なにかお探しですか?」と声をかけてきた。

「『瑠璃園物語』を全帖と、『架月黛山《かげつたいざん》』の第六帖を探しております」

「はいはい。『瑠璃園物語』はこちらに。——どうぞ」

案内されて、蒼月は店の中を移動する。

見れば、寧堅は中央の長椅子で高いびきをかいていた。

奥まったところにある棚から、店主は『瑠璃園物語』を取り出した。

「ありがとうございます。よかった、一度に全帖そろって」

「うちの店は、筆庵会《ひつあんかい》——写本家さんとご縁がありますので、品揃えは皇都一と自負しております」

目を細めて話しながら、店主は別の棚に移動した。

「なるほど……どうりで数が多いはずです」

改めて、蒼月は書棚を見上げた。古びた本から、真新しい本まで、その数は数え切れぬほど。皇都一と豪語するだけのことはある。

「さ、こちらです。『架月黛山』第六帖。ちょうどこの春に入った新刊です」

胸の高鳴りに震えつつ、蒼月は差し出された第六帖を受け取った。

開けば、これも清らの君の筆である。

「嬉《うれ》しい。私、この方の筆が好きなのです」

「お目が高い。私も、筆庵会の若手では、一番の腕と見込んでおります」

店主が、目尻《めじり》にシワを寄せてくしゃりと笑む。

くしゃり、と蒼月も同じ表情になった。

「『架月黛山』は、そろそろ最終帖とうかがっていました。こちらが最後ですか？」

「あぁ、それが――申し訳ありません。筆庵会の方のお話では、玉釵《ぎょくさ》先生の意向で最終帖は第七帖になるそうでございまして。そちらはまだ届いておりません」

玉釵先生、というのは『架月黛山』の作者の筆名である。

（……残念。六つの物語の一つに入れたかったのだけど）

蒼月は、肩を落とす。

入り口のあたりで「ご店主」と声をかける客があった。店主は「ごゆっくり」と会釈して戻っていく。

本を抱えたまま、蒼月は考えを巡らせていた。

(いえ、まだ休暇は終わっていない)

休暇明けまでに第七帖が手に入りさえすればいい。

時間の許す限り待つ。その価値のある作品だ。他の候補作を絞りながら待つとしよう。

——蒼月は、そのように結論を出した。

「あぁ、景雲《けいうん》さん。いつもご苦労様です」

「お世話になります。今日は『架月黛山』の第七帖を、五冊持ってきました」

客の声は、男のものだ。

だが、声の質などどうでもいい。その物語の題と、帖の数字が蒼月の胸を高鳴らせた。

(『架月黛山』——第七帖!?)

最新——そして最終帖である。

なんという幸運だろうか。蒼月の目はキラキラと輝いた。

「いつもありがとうございます。景雲さんの写本は、いつも人気で。ついさっきも、写本は景雲さんに限るというお客様がいらしてましたよ」

「……ありがたいことです」

その会話に、蒼月は少なからず驚いた。

（男の方だったの？）

推測するに、写本を持ってきたのは清らの君本人だ。

あの秀麗なくずし字の書き手が、男性だったとは。まったく想像もしていなかった。

どのような方なのだろう――と好奇心が首をもたげかけたが。

（なにも知らない方がいい）

即座にそう判断して、本棚の陰から様子を見るのを止めた。

蒼月が好んでいるのは、あの美しい字であって、写本家本人ではない。字の美しさは、字の美しさ以上の意味を持つべきではないのだ。

「お客様！　たった今、第七帖が入荷いたしましたよ！　最終帖！」

蒼月の判断とは裏腹に、店主が張り切った大声を出した。

気持ちはわかる。蒼月とて、今すぐに最終帖に飛びつきたい。

「いや、ご店主。実は、まだ最終帖ではないのです」

しかし――店主の言葉を、清らの君が訂正する。

「え――さ、最終帖ではないのですか？」

蒼月は、大きな声を上げていた。

清らの君の姿を見まいとする決意などすっかり忘れ、奥の棚から店主のいる棚まで駆け寄る。

背の高い青年が「申し訳ない」と言った。

北国では珍しくないが、岱ではあまり見かけない、目鼻立ちのくっきりした青年だ。とりわけ凛々《りり》しい眉《まゆ》が印象的である。

「近々、先生が皇都においでになるので、筆庵会が最終帖の原稿を受け取ることになっています」

「では、それから写本されるとなると――こちらの書肆に届くのは、いつ頃になりましょう？」

休暇の間に、手に入れることはできるだろうか？

蒼月は、祈るような思いで答えを待つ。

「最終帖は、常の一帖よりも短いそうです。一帖でしたら数日もあれば。お急ぎですか？」

「はい。七月十日頃までに、どうしても――どうしても、手に入れたいのです」

「よろしければ、直接お邸《やしき》までお届けしましょう」

なんと魅力的な申し出だろう。

蒼月は、ぽかんと口を開けたまま、しばし返事を忘れてしまった。

相手が「ご迷惑でなければ」と控えめにつけ足したので、慌てて「是非、お願いします！」と前のめりで答える。

「では、隆国邸の甄蒼月までお願いいたします。――あぁ、本当に助かりました。ありがとうございます！」

蒼月は、勢いよく頭を下げる。

そして顔を上げると――青年とぱちりと目が合った。

（……？）

北国に多い、太い眉と細い目。高い頬骨。その顔に、見覚えがある。

どうやら、向こうも同じように思ったようだ。

（さっき、ご店主が名前を――たしか――景雲と――）

その名も、蒼月は知っている。

「――もしや……」

「まさか！」

互いに、その存在に思い当たったようだ。

――趙《ちょう》景雲。彼に違いない。

「貴女《あなた》様は……」

「景雲——景雲なのね？」

九年ぶりの再会だ。聞きたいことも、伝えたいことも、山のようにある。

ちらりと長椅子の方を見れば、寧堅はいびきをかいて寝ていた。

（寧堅さんには、知られたくない）

とっさにそう考えた。陰謀の相談をするわけではないが、無用の心配はかけたくない。

「外へ。——よろしいですか？」

蒼月の視線の動きから、景雲も察したらしい。

店主に「あちらの武人が目を覚まされたら、ご令嬢はご気分が優れず、外の風に当たりにいったと伝えてください。すぐにお戻しします」と伝えていた。

蒼月はいったん店主に本を預け、景雲に続いて外に出る。

書肆の前の広場を抜け、角を曲がれば橋がある。二人は橋の真ん中で足を止めた。

「よく、私のことがわかりましたね！」

「四の姫様も、よくお気づきになられました」

景雲は、幼馴染《おさななじみ》だ。一つ年上の、宰相の——今は滅びた浩志国の宰相の息子である。記憶の中ではさほど変わらなかった目線が、ずいぶんと高いところにある。北国の女も総じて長身だが、男は輪をかけて背が高い。

「兄上がたと……父君とも、よく似ておられますもの」

「四の姫様も――母君様に面立ちがよく似てこられた。最初、ご本人かとさえ思ったほどです。よくぞご無事で」

景雲は、涼やかな目を細めて笑んだ。

「貴方《あなた》こそ。本当に……よく無事で……」

生きている。たしかに、景雲だ。

普段思い出すことのない、美しい記憶が堰《せき》を切ってあふれ出す。

蒼月は、こぼれた涙を手巾《しゅきん》で押さえた。

「四の姫様は――」

「蒼月、と呼んでください。浩志国を出てから、そう名乗っています。貴方のことは、景雲と呼んでも構いませんか？」

「構いません。今は関《かん》景雲と名乗っております。蒼月様は、隆国邸においででしたか」

「叔母《おば》を頼りました。今は、王弟の貴信公《きしんこう》の庶子ということになっています。隆国邸には、休暇で滞在しているだけで、ふだんは采女《さいじょ》として御苑で働く身です」

「采女試験を受けられていたとは。さすがは幼い頃から才媛《さいえん》と名高かった蒼月様。……御母堂様はご健勝であられましょうか？」

「隆国に逃れた翌年、父のもとへ参りました。墓所は隆国にあります」

母のことを答えたあと、蒼月は景雲の両親について問わなかった。

宰相は一族郎党、皆殺しにされたと知っていたからだ。

晏国の処刑の酷《むご》さは、天下の知るところである。死に至るまでに耐え難い恥辱を与え、絶望の中で死んだ者を嘲笑《あざわら》うのだ。

胸が痛い。蒼月は己の胸に手を当て、嵐の静まるのを待った。

「慈悲深いお方でした」

景雲はしばし目を閉じ、弔意を示した。

──燃え盛る王宮から脱し、晏国の残党狩りの目をかいくぐり、山中を三ヶ月にわたって逃避行を続けた。蒼月は当時十歳。この間の記憶は曖昧《あいまい》だ。忘れることで、心を保ってきたのかもしれない。

母は、実妹の嫁ぎ先である隆国にたどりついてから、心身を病んだ。

いや、いつから病んだという話をすれば、以前から病んでいたように思う。娘を産んだのち、己を顧みなくなった夫を怨《うら》み、酒に溺《おぼ》れる日々を健全とは言わないだろう。

母はそれきり正気に戻ることはなく、浩志国の滅亡からちょうど一年後、首をくって死んでしまった。

だが、それを他人に伝えるつもりはない。

（せめて、気高い王妃の姿で、人の心にとどまっていてほしい）

蒼月は「ありがとう」と、かすかに笑んで礼を伝えた。

「景雲、貴方は？　この九年のことを聞いても構いませんか？」

「お伝えするほどのこともございません。あの日――父に命じられ、弟妹を連れて国外へ逃れました。親戚《しんせき》を頼りながら各地を転々とし……皇都に参りましたのが三年前です」

三年前といえば、先代の隆賓華の入宮《じゅきゅう》に合わせ、花嫁行列と共に青漢城に至った年だ。奇《く》しくも同じ年月を、同じ皇都で過ごしていたことになる。

「それで、今は写本の仕事をしているのですね？」

「はい。恥ずかしながら……他に術《すべ》もなく」

「貴方の写した本を、何冊も持っています。とても美しく、丁寧で……書き手が貴方だったとは、夢にも思っていませんでした。そういえば、昔から達筆でしたね」

宰相一家とは親しかった。蒼月は景雲の兄姉弟妹《きょうだい》のことも、はっきりと覚えている。

「姉たちの影響です。よく写本を手伝わされていましたから」

趙家の姉妹とは、蒼月の姉や妹たちと共に物語の話をしたものだ。

王宮の庭の、池泉の畔《ほとり》にある四阿《あずまや》。桜の木陰。明るい庭に集まって、読んだ物語の話をし、時にはせがまれるままに、その場で創った物語を披露したものだ。

なんと眩《まばゆ》い思い出だろうか。王宮の庭の明るい日差しや、咲き乱れる花の様子が、色鮮やかに蘇《よみがえ》る。

「美しい字です。さぞや教養のあるお方に違いない、と思っていました」

「他に、できることがございませんでした。男子として生まれながら、国事に携わることなく筆を動かすだけの日々。しかし……それが姫――蒼月様の手に届いていたのならば、多少、救われた思いがいたします」

「先ほど、弟妹を連れて逃れたと言いましたが、皆も皇都にいるのですか？」

「陶国の親類のもとにおります」

記憶の中で、まだ景雲の弟妹らは幼い。あれから九年も経つのだ。彼らもすっかり大きくなっていることだろう。

懐かしさや慕わしさが、大きな波になって押し寄せる。

「では――」

せめて、多少なりと援助をしたい。

蒼月が懐に手をやると、景雲はその手を止めて首を横に振った。

「いけません。これ以上のご恩を受けては、父祖の霊に顔向けできなくなります」

「私も同じ気持ちです。わずかの援助さえできぬとあれば、父祖の霊への朝夕の祈りを憚《はばか》らねばなりません」

景雲が、太い眉を寄せて困り顔になる。

この表情を、よく知っていた。幼い頃から、気の強い姉たちに振り回されて、こんな顔をしていたものだ。

「蒼月様の、そのお気持ちだけで十分です」

国を保てず、臣民を守れず。慚愧《ざんき》の念は、いつも心の中にある。

たとえ当時は幼かったとはいえ、罪の意識を覚えぬ日はない。

「景雲。では、せめて飴《あめ》なりと——」

食い下がる蒼月は、しかし言葉を続けることができなかった。

「いえ、それは——」

景雲も、困り顔を続けはしなかった。

落雷と間違うほどの轟音《ごうおん》が、辺りに響き渡ったからだ。

銅鑼《どら》である。ジャンジャンと激しい音が、近づいてきた。

「散れ！　散れ！」

銅鑼の音が響き渡り、騎兵が橋の上を通っていく。

（晏国の兵だ）

漆黒の旗に、血濡《ちぬ》れの交剣の紋章が記されている。あれは晏国の魯家のものだ。

荷を積んだ馬車が、次々と続いていく。

「四の——蒼月様。こちらへ」

景雲は、蒼月を背に庇《かば》いながら橋の上を移動する。

騒がしさに気づいた人たちが、次々と広場へと集まってきた。誰しもの顔が、不安に染まっている。

（一体、なにが……？　どうして晏国の兵がこんなに？）

晏国の王女の入宮に合わせて、皇都に入った兵だろうか。国邸に常駐する兵にしては、数が多すぎる。

馬車は、書肆の前の広場で止まった。

露店の商人たちが、乱暴に追い払われていく。

（黙っていれば、気づかれるはずがない……けれど、恐ろしい）

蒼月も、景雲も、浩志国から逃れた身である。

晏国の兵にそれと知れれば、どのような目に遭わされるかわかったものではない。

がしゃり、がしゃりと、腹に響く禍々《まがまが》しい音。

馬車の荷が次々下ろされていく。人だかりはあっという間に増え、すぐに広場の様子は見えなくなった。

「景雲、なにか見えますか？」

「離れましょう、蒼月様」

問いに答えず、景雲は蒼月の手を引いて歩き出す。

人々が広場に集まる流れに逆らって、景雲はすいすいと進んでいく。並みの人にはできぬ動きだ。趙家の男子は、剣術に長《た》けていたことを思い出す。

いったん人混みを抜けたかと思えば、次に橋を渡ってきたのは岱の兵だ。

「なんの騒ぎか！　我らは皇都を守護する都衛軍！　晏国の軍とお見受けする！　指揮官と話をさせてもらいたい！」

岱の都衛軍の将軍が、間近で叫ぶ。

そこに、悠々と晏国の指揮官が現れた。

岱と晏国が、対峙《たいじ》する形になっている。――運悪く、蒼月の目の前で。

「晏国王陛下よりの通達である。心して聞け！　六月末日の正午より、この広場において晏に弓引く逆賊の――公開処刑を行う！」

晏国側の高らかな宣言に、広場にどよめきが広がる。

(公開処刑!?)

この岱の王都の中心部で、晏国軍が公開処刑を行う。——信じがたい蛮行だ。

「そ、そのようなことは、断じて許可いたしかねる!」

都衛軍の将軍は、顔を真っ赤にして抗議した。

「逆らう者はすべて捕らえよ、との晏国王陛下よりの御下命である」

晏国の指揮官はそう言い放った。退く気配は微塵《みじん》もない。

中原一の強国とはいえ、これまで晏国は岱への敬意を示してきたはずだ。渋っていた賓《ひん》華《か》の入宮さえ行うことにしたはずなのに。

(これが晏国の意思ならば、岱との対立は決定的になる)

どよめきは収まり、辺りは静まり返っていた。誰しもが怯《おび》えている。中原全体を蹂躙《じゅうりん》しかねない、とてつもなく大きな嵐が間近に迫っていた。

「……わかりました。こちらも上役と相談の上、対応いたします。それまでは、いったんこの作業を止めていただきたい」

しかし晏国の指揮官は、なんら気に止めることなく「作業を続けろ!」と兵に命じた。

また、がしゃん、がしゃん、と音が立ち始める。

「よいか! これが皇都内に潜伏していた、黒爪党——黒賊どのも名だ。邪魔だてすれば同罪とみなし、この立て札に名を連ねることになるぞ！」

晏国の指揮官は立て札を高く掲げさせ、群衆に示した。

蒼月の場所からは読み取れなかったが、人名だとすれば、十名を軽く超える人数だ。

がしゃん、がしゃん――

（――人籠《じんろう》だ）

ぞわり、と肌が粟立《あわだ》つ。

人籠。鳥籠《とりかご》に見立てた、晏国が用いる処刑器具の名だ。

これを使って、公開処刑が行われる。

蒼月は口を押さえた。耐えねば、悲鳴を上げてしまいそうだった。

人一人の身体が、やっと入るほどの鉄の檻《おり》。

縦半分になったものを、立たせた人の両側から合わせて閉じる。上部の鉄板には、首だけを通すことのできる穴が開いており、頭部だけが外に露出する。――それが人籠だ。早く絶命させたければ、両腕を落としてから。長く生かしたければ、水を与えることもあると聞く。

蒼月の目に、今は忌まわしい檻は見えていない。だが、脳裏にはまざまざと浮かぶ。あの器具の中で、浩志国の王族や、重臣たちは家族諸共《もろとも》死んでいったのだ。恐怖と絶望、死に至るまで続く苦痛を強いられて。

悪夢のごとき処刑が、岱の皇都のただ中で行われようとしている。

「なんということ……」

「蒼月様、お早く」

景雲に連れられ、やっとの思いで書肆まで戻る。

「ありがとう、景雲。助かりました」

「蒼月様。——これを」

突然、目の間に差し出されたのは、なにかを包んだと思《おぼ》しき緑と赤の織物だ。

ひとまず受け取り確かめれば、匕首《ひしゅ》である。

「これは……守り刀ではありませんか」

趙家の家紋の柏《かしわ》の四葉《しよう》が彫られている。趙家の守り刀、と声にしなかったのは、近くの晏国の兵がいたからだ。

「今日まで、長く生き恥をさらして参りました」

蒼月は、首を横に振った。

責は、臣民を守れなかった王族にある。だが、今は口にすることができない。

「受け取れません」

複雑な話はできない。代わりに蒼月は、守り刀を返そうとした。

「我が一族の誇りは、主《あるじ》の盾となり、矛となること。お許しを。私は蒼月様のどちらにもなり得ませぬ。せめてこの守り刀を――」

蒼月が「待って」と言うより先に、景雲は「行かねば」と踵《きびす》を返した。

そこから、雑踏の中に彼の姿が消えるまでは一瞬だった。

なにがなにやらわからぬまま、蒼月の手には、匕首と織物が残っている。

ひどく胸騒ぎがした。

（大事なものだろうに……）

織物を手に取って広げる。緑と赤の二色の織物も、それなりの格に見えた。

「あぁ！　そちらにいらっしゃいましたか！」

突然、目の前に男が現れた。

この緊迫した状況だ。思わず「ヒッ！」と喉《のど》が鳴る。

男――宦官《かんがん》は、辺りをきょろきょろと見まわしてから拱手《きょうしゅ》の礼をした。

（なに……誰なの？）

宦官には日常的に接しているので、間違いはしない。高い声。小太りで、禿頭《とくとう》。四十手前程度の年齢だろうか。

装束から判断して、岱の宦官ではない。

「あの……」

目と鼻の先で、処刑器具が運びこまれつつある状況だ。

隠している身分が露見すれば、黒爪党の旗頭かと疑われるだろう。あの立て札の先頭に、名を加えられかねない。

(落ち着いて。……大丈夫、露見するはずがない)

狼狽《ろうばい》は、自らの首を絞めるだけだ。蒼月は努めて呼吸を整えた。

「蜥蜴《とかげ》でございます。その、草原に旭日《きよくじつ》の織物。筆庵会のお方でございましょう?」

自らを蜥蜴と名乗った宦官は、蒼月の手にある織物を指さした。

(この織物は、筆庵会の会証だったのね)

広場では、またがしゃり、がしゃりと人籠の運び込まれる音がしている。

一刻も早く、この場を離れたい。焦りが募る。

「この織物は、人から預かったものです。言伝《ことづて》でしたらお預かりできます」

「〝第二案〟でお願いいたします」

焦りは、蜥蜴も同じようだ。言いながら、蜥蜴は頭の汗をつるりと手巾《しゅきん》で拭《ぬぐ》った。大きな蜥蜴の刺繍《ししゅう》がしてある。

「第二案……ですか？」

「お伝えいただければわかります。今日お渡しするはずの玉釵先生の原稿が間に合いませんで……いや、間もなく書き上がります。ご心配なく」

玉釵先生、と聞いて、蒼月は目を丸くした。

「……もしや、『架月黛山』の最終帖でしょうか？」

「まさしく。まさしく、それでございます。第一案はこの場。原稿の受け渡しの時機の話でございまして、第一案では間に合いませなんだ。それゆえ、第二案にてお願いいたします。我々、間もなく慧信寺《けいしんじ》に入り、数日留《とど》まります。お手数ながら、以前にお渡しした手形をお使いいただき、ご足労ください。蜥蜴といえば、すぐに通じます」

なるほど。原稿の受け取りの時機を、二段階用意していたらしい。

「わかりました。伝えます」

蜥蜴は、また汗を拭《ふ》き、がしゃん！　と一際大きく鳴った音に背を丸めた。

「では。——いやいや、まことに剣呑《けんのん》。恐ろしゅうございます」

怖や怖や、と震える仕草をしながら、蜥蜴は去っていった。

（……ひとまず、ご店主に伝えておかないと）

成り行きで預かった伝言を景雲に届けるには、書肆を頼るしかない。この二色の織物も預けた方がよさそうだ。

書肆《しょし》の扉に手をかけた途端、肩をつかまれた。

「蒼月！　捜したぞ！」

寧堅だ。蒼月は「書肆に――」と言いかけ、すぐに黙った。

言伝は国邸の者に頼めばいい。こんな時だ。一刻も早くこの場を離れねば。

伝言も、物語も、命ありきの話である。蒼月は寧堅と共に、隆国邸へと急ぎ戻った。


その日以降、蒼月は隆国邸から一歩も出ていない。

公開処刑の報は、瞬く間に広がり皇都を揺るがした。

――晏国の魯将軍が、公開処刑を取り仕切っているそうだ。

――立て札の筆頭に名を書かれた晋《しん》将軍は、既に岱に仕官していたものを……

――自宅を急襲され、今は晏国軍に捕らわれているとか。

晋将軍の名は、世に名高い。

彼は真槙《しんてん》国の出身だ。晏国の南に十五年ほど前まで存在していた小国である。

晋将軍は、国の滅亡時に国境の砦《とりで》にいたため難を逃れた。世を捨て隠遁《いんとん》していたものを、
岱の憲帝《けんてい》――先帝の父親にあたる二代前の皇帝だ――が是非にと乞《こ》うて仕官をさせた。

（もう何年も前の――私が采女《さいじょ》試験を受けるより以前の話なのに）

憲帝は、国を失った有能な遺臣らの保護を晋将軍に任せた。将軍は憲帝の右腕となり、遺臣たちの再仕官を積極的に行ってきた。過激な暴力に走る黒爪党とは正反対の道を取ってきた人だ。

そうして多くの人を救ってきた晋将軍に対し、晏国がつきつけた罪状は、晏国に仇《あだ》なす逆賊の隠匿、だそうだ。彼が嫌悪し続けた黒爪党の一味と、強引にも断じたのである。

――魯将軍が、皇都内で小国の遺臣らを捕らえ始めた。遺臣狩りだ、遺臣狩り。

――今や、立て札は三枚に増えたとか。本物の黒爪党などいるまいに。

――恐ろしい。これは戦になるぞ。

人々の声は、血なまぐさい暴力の予感に怯えていた。

貴族の中には、皇都から妻子を逃がした者もあるそうだ。

「信じられん暴挙だ。戦になりかねん」

寧堅は、そのようにこの事態を評価していた。

彼は連日、大国の国邸を回り情報収集に努めている。

「晏国の王女の入宮は、どうなりましょうか？　もう晏国を発せられている、と御苑で聞きました」

「それどころか、明日にも慧信寺に着くそうだ」

――慧信寺。蜥蜴の言っていた寺だ。皇都からほど近い。

(玉釵先生は、晏国のお方だったのね)

近々皇都に来る、と聞いていたが、花嫁行列の随行を指していたようだ。

「では、処刑も入宮も、同時に行うことになりますか……」

「ここまで侮《あなど》られて、寺育ちの英才がどう出るか。読めんな」

先帝の遺志を継ぐ。それが叡泉の決意のはずだ。

父親の憲帝の穏健路線に、先帝は忠実だった。中継ぎに徹すると宣言している叡泉が、大きくそこから外れるとも思えない。

「争いを望む方ではありません。……きっと、この事態を憂いておられましょう」

結局、蒼月に言えたのは無意味な言葉だけだった。

「憂うくらいならば、誰でもできる」

寧堅は簡単に断じると「とにかく、部屋を出るなよ」と蒼月に繰り返した。

蒼月とて、大きく燃え上がらんとする炎に、わざわざ身を投じるつもりはない。死にたくない。まだ、死にたくない。夢の隠居生活が、間もなく手に入るのだから。

(景雲は、どうしているだろう……)

牀《しょう》に、ごろりと寝ころぶ。

窓の小さな空は、どんより曇っている。子供の声も、今日は聞こえない。

侍女に聞いた話では、早朝に悲鳴が聞こえ、国邸の兵士が駆けつけたそうだ。兵の報告によれば、隣の邸は晏国兵に囲まれており、遺臣狩りの最中であったらしい。

隣の邸は学問所で、晋将軍が戦災で親を亡くした孤児らを引き取り、育てていたという。捕らえられたのは数人の教師で、亡国の遺臣であったそうだ。

公開処刑に向けて、皇都内の遺臣狩りはいよいよ勢いを増している。

(叡泉様は、どうされるのだろう)

最悪の惨劇を回避し得る存在は、岱皇帝ただ一人だ。

しかし、岱が強硬に止めれば、晏国との関係は致命的に悪化するだろう。かといって静観すれば、諸国からの信用をなくす。

難しい判断だ。叡泉の憂い顔が目に浮かぶ。

じりじりと身を焦がすような時が、ただただ過ぎていった。

(処刑まで――あと二日)

先日、侍女を書肆へ使いに出した。筆庵会への伝言と、景雲が置いていった会証の織物も託した。ついでに預けてあった本も、無事手に入れている。

頁《よう》を一枚めくった。手に入れたばかりの『架月黛山』の第六帖。待ち望んだ物語の続編だというのに、文字が頭に入ってこない。

――『架月黛山』は、小国の王家に生まれた双子の物語だ。

姉の珠姫《じゅき》と、弟の伯秦《はくしん》。

国を滅ぼされた姉弟は、燃える王宮から命からがら逃れる。

逃れた先は、黛山《たいざん》。二人は父母の遺品を、麓《ふもと》の町の見える場所に埋めた。

町は燃えている。この世界で、頼れる者は互いのみ。黛山の山中、満月の下で、二人は誓い合う。――我らの魂は二つで一つ。生も死も、互いを分かつことなかれ――

しかし、願いも空しく二人は直後に山賊に襲われ、別々の人生を歩んでいくのだ。

姉の珠姫は、山賊の頭目の妻となり、夫の死後は自らが頭目となった。次第に悪王の暴政から近隣の住民らを守るようになる。

弟の伯秦は、人買いに売られるも、貴族の夫婦に見いだされて教育を受ける。のちに国試に合格し、黛山のあるかつての故郷に郡長官として赴任する。

敵味方として対峙《たいじ》する二人は、黛山の墓所で再会した。

互いにそれと知らず、十数年を隔てて再会した姉と弟。奇《く》しくも同じ満月の夜。

二人は涙ながらに再会を喜び、互いに仇討《あだう》ちを目指していたことを知る。弟は郡長官として悪王に仕えながら、秘《ひそ》かにその機会を待っていたのだ。

奇しくも、一年後に悪王の行幸が決まったという。

（彼らは、仇を討てるだろうか？）

蒼月は、第六帖を流し読み、次に第七帖の頁をぱらりとめくった。

（――討ってほしい）

憎い悪王の息の根を止め、仇を討ってほしい。

そう願う気持ちは、蒼月の中に明確な形を持っている。

（せめて物語の中だけでは――）

姉弟が仇討ちを成功させれば、そののちに多くの軀《むくろ》が転がることになる。

珠姫の仲間たちは、吊《つ》るし首にされるだろう。

伯秦を育てた老貴族も、族誅《ぞくちゅう》は免れない。

彼らが守ってきた近隣の農民らの身も危うくなる。

仇など討ったところでなんになるというのか。失われた国も、人も、戻ることはないのだ。無残な軀が、倍に増えるだけ。無益。無駄。無意味。

しかし、これは物語である。仇討ちの向こうに、無残な軀はない。

蒼月は待っている。姉弟が仇討ちをするその時を。初めてこの物語を手に取った時から、ずっと、ずっと。

しかし、肝心の最終帖はまだ手に入っていない。

(……景雲は、慧信寺まで原稿を取りに行ったのだろうか)

物語の最後を見届けたいとは思うが、浩志国の宰相の息子が、晏国の魯将軍と王女の滞在する寺に乗り込むなど、無謀に過ぎる。どこそこの国の重臣だった某《なにがし》が。某かの妻女が。子が。老親が。晏国兵に捕らえられ処刑された、との報は年に数度耳にする。晏国の追及は執拗《しつよう》だ。景雲の素性が知れれば容赦しないだろう。

ぱらり、と頁をめくる。

――この守り刀が、そなたを守るだろう。

第七帖の最後の頁。死を覚悟した珠姫が、自身が保護した幼子に守り刀を渡す。

(守り刀……)

蒼月は、景雲から受け取った匕首を、袍の上から触れた。

あの時の景雲の態度。――ふいに、鋭さをもって胸騒ぎが蘇《よみがえ》る。

(まるで、これから死にいくような口ぶりだった。あぁ、それに……景雲は晏国の宿舎に入る手形を、蜥蜴から受け取っている)

景雲の言葉。守り刀。手形。

（まさか……景雲が襲撃に関わっているの？）

蒼月が、その推測に至るまでに時間はかからなかった。

だが、彼は黒爪党ではない。黒爪党に関わっているならば、亡国の王女である蒼月を利用しないはずがないからだ。

きっと、彼は、彼だけの意思で動いている。

晏国は、浩志国を無残に焼き払い、臣民を殺した。今も彼《か》の地で暮らす人々に、搾取を続けている。晏国への、取りわけ魯将軍への怨恨《えんこん》は、浩志国にいた者ならば誰しも持っているだろう。

惨劇を生き延びた者は、呪いを抱えながら生きている。

景雲はその呪いを、生き恥と呼んだ。

――怨《うら》みを捨てよ。足を止めるな。

父の教え通りに生きたつもりだ。

しかし、魯将軍は、父の仇。兄たちの仇。臣民の仇。

自分が男の身で、武術に多少の心得でもあったならば――

果たして凶行の誘惑に、勝ち得ただろうか？

（それでも――止めなくては）

現実は、物語とは違う。

黒爪党の襲撃が起きれば、晏国に遺臣狩りの口実を与えることになる。

颶《ぐ》風《ふう》はより激しく、より血なまぐさく吹き荒れるだろう。

（私が、止めねば。せめて景雲だけでも……）

蒼月にも、呪いはかかっている。

正しいことをなさねば、生きることが許されない――と。

国を滅ぼした王の娘として、罪を贖《あがな》うことこそ正しい道だ。すべてが終わったあと「憂いていた」と嘆くつもりはない。憂うだけならば、誰にでもできる。

考えに考え――悩みに悩み――いつしか夜は明けていた。

コンコン、と扉が鳴る。

お膳《ぜん》でございます、と侍女の声がした。蒼月は、空咳《からせき》を激しく三つほどする。

「体調がすぐれません。今日は一日、牀で寝ています。それと、食事は結構です」

侍女が去るのを待って、誇らしい濃紺の袍を羽織った。

そして――まさに天を衝《つ》いて燃え上がらんとする炎へと、自ら身を投じたのであった。

辻《つじ》馬車が、止まった。

ここは皇都から南、馬車で一刻ほどの場所にある慧信寺。——晏国の王女が滞在しているはずの場所だ。

交剣の旗こそ立っていないが、僧侶《そうりょ》ではない武装した門番が、王女の滞在を確信させた。

「秘書小監の甄蒼月、と申します。皇帝陛下より御下命を賜り、姫君のご滞在中のご様子をうかがいに参りました」

蒼月が、鮮やかな紅色の壁《へき》と特使の金札を示せば、厳《いか》めしい門番は恭しい礼をした。

「特使様でございましたか。どうぞお通りください」

若い宦官《かんがん》が出てきて「特使様、こちらへどうぞ」と案内に立った。

（まだ、晏国にも岱への敬意は残っているのね）

この作戦は、岱皇帝の威を借りてこそ成立する。門番や宦官の態度には、安堵《あんど》を覚えた。

ピィヒョロ、と鳶《とび》が鳴く。塔ごしに空を見上げれば、二羽が大きく円を描いている。

皇都からほど近いはずだが、深い山中を思わせる閑静さだ。俗世との隔たりを感じるのは、漂う独特な香の匂いや、黒い瓦《かわら》の建物の厳粛な雰囲気のせいだろうか。

（あぁ、この香り——叡泉様がお使いの香だ）

御苑《ぎょえん》ではかぎ慣れぬと思ったが、寺で用いる香だったらしい。

（そういえば、ここは叡泉様がいらした寺院だった）

この慧信寺は、皇族の男子が出家した際の行先として知られている。

不殺生を掲げる慈照神《じしょうしん》をありがたがるのは岱の貴人ばかりで、諸国では普及していない。夫を亡くした子のない妃嬪《ひひん》らは尼寺に行く。物語の女たちもしばしば寺に入るが、北方出身の蒼月本人にとっては、馴染《なじ》みの薄い場所である。

「多少、物を尋ねたいのですが……『蜥蜴』はどちらに？」

「蜥蜴でございますか。ご案内いたしましょう」

「寺の様子を見てくるよう言いつかっておりますゆえ。案内は不要です」

「では、今でしたら東の対におりましょう。蜥蜴といえば、皆すぐにわかります。誰ぞにお尋ねくださいませ」

若い宦官は拱手《きょうしゅ》の礼をし、後ろに下がった。

（さて、と……東の対ね）

蜥蜴と接触すれば、景雲のことがわかるかもしれない。

か細い望みを頼りに、蒼月は境内を歩いていく。

見渡す限り、僧侶の姿は見えない。本来、女人禁制の場所だ。花嫁行列が去るまでは、別な場所にいるかもしれない。

歩を進めるうちに、まだ馬の繋《つな》がれていない馬車が、いくつも並んでいるのが見えた。

（あぁ、これが噂の馬車ね。本当に、たくさんある）
一、二、と目で数えれば、見えるだけでも六つはあった。
晏国の王族の馬車は、用いる馬の毛色も、御者の服装や背格好まで近しく揃えるらしい。誰がどの馬車に乗るかも、護衛の兵にさえ伏せられる徹底ぶりだそうだ。——王族の身の安全を守るために。

（怨まれぬわけがない）

この二十年で、晏国は大小十もの国々を滅ぼした。

晏国の侵攻は苛烈《かれつ》である。講和も降伏もない。ただひたすらに、すべてを奪う。

文化も、歴史も——誇りも。なにもかもを、すべて。

伝統ある美しい王宮は灰塵《かいじん》に帰し、焼け跡に国府が建てられる。その土地のことを知らぬ晏国育ちの国司以下官吏が派遣され、容赦のない重税が課せられるのだ。

畑では晏国に指定された作物しか育てることができず、自分たちの口に入れる物は銭で買わねばならない。働き手の多くは肉刑を受けており、受けておらぬ者には兵役が課される。畑は荒れるが、税は重くなる一方。税を滞らせれば、運河の労働に駆り出され、死ぬまで働かされるのだ。徹頭徹尾、容赦がない。

（こんな備えをするよりも、善政を敷く方がよほどいいだろうに）

皮肉な言葉が、頭をかすめる。

だが、蒼月はいつも通りに、言葉を腹に押し込んだ。

怨みを捨てて、前に進む。そう蒼月は心に決めたのだから。

馬車の横を抜けると、向こうから文官の集団が歩いてくるのが見えた。

その中に——いるはずのない顔がまじっている。

(叡泉様!?)

とっさに、蒼月は柱の陰にサッと隠れた。

信じがたいことに、先頭にいた文官が——叡泉に見えたのだ。

(まさか)

見間違いだろうか。

そっと物陰から、顔を出してうかがう。

長身の文官が、晏国の武人と会話をしている。服装と冠は、青漢城にいる高位の文官のものだ。——いつぞや、花養舎に現れた時と同じである。

(どうして陛下が……?)

なんにせよ、こんな場所にいるのを知られたくない。

蒼月は、そっと柱の陰を経て、馬車の後ろに隠れようとして——

「……甄尚書《しょうしょ》？」

ビクッと跳び上がるほど驚いた。

「ひ、人違いでございます。私は——その、関、関と申します——」

とっさに、袍の袖《そで》で顔を隠す。

すでに叡泉は間近まで迫っていた。寺に漂っていた香の匂いが、いっそう濃くなる。

「どうしてこのようなところに、貴女《あなた》がいるのだ」

「わ、私は関——」

「わかった。関でいい。では、関氏。どうして休暇中の貴女が、花嫁行列の宿舎にいるのか、教えてくれ」

姫君の侍女でございます、だとか、休暇などございません、だとか、様々な言い訳が浮かんだが、この絶望的な状況では無駄に思えた。

袖を下ろす。——やはり本人だ。

「叡泉様こそ、どうしてこちらに？」

ちらり、と叡泉は辺りをうかがい「馬車の陰に」と蒼月を誘導した。

「この難局を乗り切らねば、十年先に皇都は灰塵に帰しているだろう。やらねばならぬことがある。——それで、貴女は？」

間近にある叡泉の表情は、見たことがないほど苦りきっている。

蒼月は、観念した。

「話せば長いことながら、休暇中に偶然再会した幼馴染《おさななじみ》が、晏国への仇討《あだう》ちを――いえ、黒爪党では決してありません。私を利用しようとはしませんでしたから。その幼馴染が、仇討ちをせんと、この寺に潜伏している可能性がありました。それゆえ、彼を止めねばならぬと――あぁ、申し訳ありません、特使の札を手形代わりにいたしました」

「それだけか？　姫君を訪ねるのに、手ぶらで来るとは思えぬ」

叡泉が、うつむく蒼月の顔をのぞきこむように迫る。

到底抗《あらが》い切れない。蒼月は、

「ひ、秘書大監の筆跡を模写し、叡泉様からご機嫌うかがいをする体《てい》の書状を――偽造いたしました！　申し訳ございません！」

と自白した。さらに、

「なるほど。それは護身のためだ。罪には問うまい。丸腰よりはましだ。だが――本当に、それだけか？」

と秀麗な面と、よい香りで迫られて、

「む……六つの物語に加える名作の原稿も、手に入れたいと思いました！」

と洗いざらい吐かされていた。

「すぐに馬車を手配する。このままっすぐ門に向かい、隆国邸に戻れ」

「……ですが……」

はぁ、と叡泉がため息をついた。

「聞いてくれ、甄尚書。私は、晋将軍と志を同じくしている。立て札に名を連ねる遺臣らは、皆、黒爪党とは無縁の者たちだ。彼らを助けたい。そのためには、黒爪党の襲撃を阻止せねばならん」

「――はい」

「これで姫君が負傷でもしてみろ。岱で生きる多くの遺臣ら――千をくだらぬ数の者が、黒爪党の汚名を着せられ、人籠に入れられることだろう。脅すつもりはないが、晏国は長らく御苑勤めの者の身上書を要求している。貴女の身とて、いつどうなるかわからん」

ぞっと背が冷える。――晏国ならばやりかねない。

「なんと恐ろしい……」

「貴女のいう、幼馴染というのは、景雲のことだな？　関景雲」

「え……どうして、彼をご存じなのです？」

「晋将軍の学問所で、書写を教えている青年だ。浩志国の出身で、年齢も貴女に近い。そうではないかと推測した」

浩志国出身で、蒼月と年齢も近く、それも達筆となれば本人に違いないだろう。

「はい。私が追ってきたのは、その関景雲に違いありません」

「心配するな。彼には、晋将軍らを救うため、私の指示で動いてもらっている。安全な役目ではないが……決して、仇討ちを目的にはしておらぬ」

蒼月は、「まぁ」と口を押さえた。

張りつめていた糸が、ふっと緩む。景雲は、仇討ちで命を擲《なげう》とうとしているのではなかったのだ。

「申し訳ございません、私……早まってしまって」

「さぁ、馬車へ。物語は諦《あきら》めてくれ。賓華らへの贈り物と、貴女自身と、どちらが大事か比べる余地などあるものか。——行かねば。難所だ」

叡泉の表情に、強い意志が見てとれる。

青漢城で憂いているだけではない。彼は戦場に自ら赴いたのだ。

「……ご武運を」

蒼月が言うと、少しだけ叡泉は笑んだ。

「たしかに、武運が要るな。——見送れぬが、許せ」

叡泉は、蒼月を呼吸二つほどの間だけ、言葉もなく見つめてから、踵《きびす》を返した。

しばらくぶりに深く呼吸をすれば、やや心が落ち着いてくる。

（帰ろう）

蒼月がここにいる意味は、今や消え失《う》せた。

隆国邸で祈りながら待つこと以外、すべきことはない。

急ごう。もと来た道を引き返して歩くうち――

「特使様！　蜥蜴でございます！」

と声をかけられた。

見れば、あの宦官――蜥蜴が重そうに身体を揺らしながら走ってくる。

「あ――蜥蜴さん！」

「いやいや、まさか筆庵会のお方が、特使様としておいでとは。手形など不要でしたな。さ、さ、原稿はできております。こちらへ」

蒼月は、迷った。

物語を諦め、今すぐ叡泉の用意した馬車で隆国邸に戻るか。

物語を受け取り、叡泉の用意した馬車で隆国邸に戻るか。

（最終帖の原稿が、すぐそこにある）

ぐっと後者が重みを増す。

（いえ、でも危険は避けるべき――）

しかし、前者にもやや傾く。

（あぁ、でも最終帖が……仇討ちはどうなるの？）

景雲が叡泉の指示で動いているならば、原稿を受け取れぬ可能性は高い。中原の命運と、原稿。秤《はかり》にかけられるものではないだろう。

（でも――あの物語が、世に出ぬまま終わっていいはずがない）

これから起きる嵐を前に、原稿を確保しておきたい、という抗いがたい誘惑が湧く。

そして、その誘惑が一つの答えを導き出した。

（――受け取ろう。受け取って、すぐに帰ろう）

完璧《かんぺき》な作戦だ。となれば、可及的速やかに行動せねばならない。

「わかりました。うかがいます」

蒼月は、急ぐ蜥蜴の後ろを追った。

「いやいや、予定より早く馬車が出ることになりまして――」

蜥蜴は、頭の汗を、蜥蜴の刺繍《ししゅう》が入った手巾《しゅきん》で何度も拭《ぬぐ》っていた。

「そうでしたか。――あら？　なにか、臭いが……」

寺の建物に近づくと、なにかが焦げたような臭いがする。香とは別種だ。

「あぁ、ご心配なく。馬車の指示書は、随時燃やして処分しているのです。いつものことでございますから。――失礼いたします」

蜥蜴が、扉を叩《たた》いてから、開ける。

季節外れの火鉢の上に、小さな炎が見えた。

一人で紙を燃やしていたのは、四十ほどの痩《や》せた侍女であった。髪が半ば白い。

「特使様の御前で、失礼いたします。少々お待ちくださいませ。――蜥蜴、特使様にお茶を差し上げてください」

侍女は作業の手を止めぬまま、静かに頭を下げた。

「はい。――では」

蜥蜴が頭を下げて去っていく。

（お茶を飲んでいる場合ではないのだけれど……）

馬車の出発も近いはずだ。蒼月も急いでいる。

気は急《せ》くが、機密文書を燃やす役目は最優先だろう。文書が目に入らぬ位置で待つのが、礼儀というものだ。

（この方が、玉釵先生なのだろうか？）

蒼月は出窓に腰掛け、庭を眺めて待つことにした。

花も木もない庭は、砂利が敷きつめられ、岩がいくつか置いてある。

目の端で、紙が燃えていた。

(もったいない)

燃え上がらず、ちりちりと縮むのは西方の紙の特徴である。高級品だ。なめらかで、鹿の皮を思わせる紙質だ。特に南方の粘度の高い墨と相性がいい。

(宗《そう》国の香州《こうしゅう》産か、予鵬《よほう》国の泉州《せんしゅう》産か……)

晏国に滅ぼされ、今やどちらも存在しない国々だ。

金山、銀山、塩田。中原一肥沃《ひよく》な台地。紙、絹織物、窯。人は晏国の勃興《ぼっこう》を「海以外のものをすべて持っている」と言う。あるいは悪意をもって「最も豊かな猴《さる》」とも。

目の端で、火がポッと小さく燃え上がった。

燃やす紙の種類が変わったらしい。

ほんの少し首を傾ければ、侍女が帳面を破き、燃やしているのが見える。

一枚。二枚——三枚。

文字のびっしりと書かれた紙が、次々と儚《はかな》い灰に変じていく。

「失礼いたします。お茶をお持ちいたしまし——あッ！　なにを！」

扉を叩いて入ってきた蜥蜴が、悲鳴を上げる。

がしゃん！　と派手な音を立てて茶器が盆ごと落ちた。

「放っておいて！」

「いけません！」

蜥蜴は火鉢の前にいる侍女の手をつかんだ。

二人は子供の喧嘩《けんか》のように、もみ合いになっている。

「ダメなの！　このまま世には出せない！」

「なんということを！　これは筆庵会に渡す原稿ではありませんか！」

「渡せません！　こんな話にするつもりはなかった！」

「どれだけの人が、珠姫と伯秦の決断を待っているとお思いですか！」

この侍女は、やはり玉釵先生だったようだ。

ということは、この燃やされかけている物語は――『架月黛山』。

（え？　まさか、最終帖を燃やしていたの⁉）

蒼月は、慌てた。

あの名作の最高潮が燃やされるのを、黙って見てはいられない。子犬の喧嘩じみた乱戦に加わる羽目になる。

きさか。

とはいっても、髪の半ば白い痩せた侍女に、肥《ふと》った宦官。筆より重いものを持たない采《さい》女《じょ》である。さしたる衝突もなかった。あえて勝敗を分けたものがあったとすれば、手の大きさか。

蒼月は、半ば燃えた帳面を高く掲げた。

それぞれの息は上がり、激しく呼吸を乱している。

玉釵先生は、床に倒れ込み「あぁ」と嘆いた。

「……こんな結末のまま、世には出せません。ダメなんです……燃やして……」

声をつまらせ、玉釵先生はハラハラと涙を流した。

ここまで作者が「世に出せぬ」というものを、力ずくで奪ってしまった。蒼月は深く己の短慮を恥じ、玉釵先生の前に膝《ひざ》をついて帳面を返した。

「玉釵先生の作品を愛するあまり、恥ずべき態度を取りましたこと、深くお詫《わ》び申し上げます。何卒《なにとぞ》、お許しください」

玉釵先生が、顔を上げる。

近くで見れば、目の周りが落ちくぼんでいた。執筆の苦悩が彼女を追い詰めたのだろうか。痛々しくさえある。

蒼月は手を貸して、玉釵先生を立たせた。目の位置が近い。背の高い人だ。

「貴女《あなた》……『架月黛山』を、気に入ってくださったの？」

「もちろんです。毎年の休暇の度に、新刊を買いそろえて参りました。珠姫と伯秦が燃える王宮を逃れたその日から――ずっと、彼らの選択を見守っております」

ふっと玉釵先生の顔が、柔らかく綻《ほころ》ぶ。

「嬉《うれ》しい……物語を書いていることは、周りに伏せているものですから。こんな嬉しい言葉をもらうのは初めて」

「いかに言葉を尽くしても足りません。玉釵先生の『架月黛山』は、千年先にも色褪《いろあ》せず輝く素晴らしい物語です。これまで、珠姫と伯秦にどれほどの勇気をもらったことか。同じ気持ちでいる人々が、中原中で待っております！」

熱をこめて、蒼月は語った。

当代随一と見込んで、皇帝から賓華らへの贈り物に選んだ作品だ。今すぐそうと伝えたいが、贈り物の件は、統天の儀まで外にはもらせない。もどかしい限りである。

「ありがとうございます。珠姫と伯秦を愛してくださって。――一つ聞かせてください。彼らは仇討ちをなすべきだと思いますか？」

突然の質問に、蒼月は目を丸くした。一介の読者だ。軽々しく答えるべきではない。

しかし、

(いえ——違う)

蒼月は、すぐに考えを改めた。

一人の読者の答えを、玉釵先生は求めているのだ。

奇《く》しくも、それは蒼月自身も抱え続けてきた問題だった。燃える王宮から逃れたあの日から、ずっと。

だから、そのままを答えた。「わかりません」と。

「私は、ずっと珠姫と伯秦が仇討ちを果たすことを望んできました。憎き悪王の胸を、あの二人ならば正義の刃で刺し貫き、きっとやり遂げてくれる——と。けれど、今はわかりません。なにが正しく、なにが間違っているのか」

こみあげる強い感情が、涙となって一筋こぼれる。

横にいた蜥蜴が、例の手巾を差し出してくれたが、丁重にお断りした。気持ちだけはありがたいが、それは先ほどから彼の汗をたっぷり吸っている。

「私も、わからなくなってしまいました。……やっと答えが出たと思ったのに……できあがった最終帖は、私の望んだものとは程遠かった。私はもう書くことができませんが、きっと誰ぞが結末を書いてくれるでしょう」

そんな！　と蒼月は悲鳴じみた声を上げた。

「『架月黛山』の作者は、玉釵先生ではありませんか！　あれほどの物語は、他の誰にも書けはしません！」

この時、玉釵先生はひどく儚い笑みを浮かべた。

「私には――もう時間がないのです」

どうして？　とは聞けなかった。

書けない、というからには、なにか事情があるのだろう。それもきっと、本人の意思だけでは、動かしがたい事情が。そうでもなければ、こんな表情はしないはずだ。

「玉釵先生……私は、先生の書かれた作品を愛しています」

「貴女……」

突然、玉釵先生が、蒼月に原稿を押しつけてきた。

「え……？」

「貴女が書いてください」

話が読めず、蒼月は原稿を押し返す。

「ちょ、ちょっと待ってください。書くって、そんな……受け取れません！」

「貴女、御苑からいらしたのでしょう？　采女《さいじょ》？」

「は、はい。ですが……」

「原稿を燃やしながら祈っていました。物語を愛してくださる、教養を持った方に続きを書いてもらえたらどんなにいいかと――あぁ、神々に感謝いたします！」

玉釵先生は、なおも原稿を押しつけながら、片手を胸に当てた。

北方の出身なのだろうか。かすかに湧いた親しみが、蒼月の反応を遅らせてしまう。

そのせいで、帳面は蒼月の手に収まっていた。

無理だ。できない。――と断ろうとしたが、それは敵《かな》わないまま終わった。

突然、勢いよく扉が開いたのだ。

目の前で次々起こる事に追われていたせいで、跳び上がるほど驚く羽目になった。

それも、入ってきたのは巨漢である。

武人だ。筋骨隆々とした大きな男が、そこに立っていた。

玉釵先生も、蜥蜴も、素早く拱手の礼を取る。蒼月は返し損ねた原稿を懐に入れ、二人に倣った。

「特使とやらが来たそうだな。――お前ら、出ていけ。邪魔だ」

じろりとこちらを見た武人は、手で玉釵先生と蜥蜴を追い払う。

蜥蜴は、散らばった茶器を手早く拾い、下を向いたまま出ていく。陶器を素手で拾ったせいで、手には血が滲《にじ》んでいた。

玉釵先生は、退出する前に「かしこまりました、大将軍閣下」と武人を呼んだ。

どくん、と心臓が跳ね上がった。

(魯将軍——この男が)

浩志国を滅ぼした男だ。家族を殺し、汚し、辱めた男。

恐怖と嫌悪が、蒼月を緊張させた。

将軍は、竹の椅子にどっかりと腰を下ろす。椅子は悲鳴じみた音を上げていた。

「突然のご訪問、失礼いたします。皇帝陛下より、姫君のご様子をうかがうよう仰せつかって参りました」

蒼月は、拱手の礼を取り、頭を下げた。

「なにを探りにきた？　よもや、黒賊《こくぞく》ではあるまいな？」

「とんでもない。私は御苑より参りました、采女でございます」

「知らぬと思うてか。御苑には、死にぞこないの王族どもがひしめいていると聞く。お前が忌々《いまいま》しい黒賊ではないとどうしてわかる。——どこの出だ？」

はっきりと、蒼月は命の危機を予感した。

どうしてあの時、馬車に乗らなかったのか。強烈な後悔に襲われたが、もはや手遅れだ。

池泉のある庭つきの隠居所が、霞《かすみ》のかなたに遠ざかっていく。

「……隆国でございます」

「隆国の、どこだ？」

「弘陽《こうよう》で生まれ育ちました」

声が震えそうになるのを、浅く呼吸を繰り返しながら耐える。

「年齢は？」

「十九歳でございます」

「顔を上げろ」

「は」

言われるままに、顔を上げる。

魯将軍が立ち上がった。ビクッと身体が震えてしまう。

「倍、いや、三倍出す。今、お前が得ている報酬の三倍出すゆえ、御苑を出ろ」

突然、なにを言い出すのか。とっさに返事をしかねた。

ここで頷《うなず》けば、忠誠心のない者として処分されるかもしれない。断ったところで身の安全の保障はない。絶体絶命だ。

「…………」

口を閉ざしたまま固まる蒼月に、さらに魯将軍は近づいてきた。

「ふむ。多少、薹《とう》が立ってはいるが……悪くない。晏国邸に岱の女を置きたいと思っていたところだ。間諜《かんちょう》の真似事など辞めて、オレの側女にならんか？」

視線が、蒼月の顔から足までを二度往復した。

一拍遅れて意図を理解する。ぞわっと鳥肌が立った。

「ご、ご容赦くださいませ。宮仕えの身でございますゆえ――」

「役立たずの皇帝に操立てか？――暮らしに不自由はさせんぞ。親を呼び寄せても構わん。男兄弟がいれば、官職にも就けてやる」

「しょ、将軍――」

「肌の白い女は好ましい」

じり、と魯将軍が近づく。同じだけ、蒼月も後ろに下がった。

（な、なんなの、これ。どうしてこんな目に……）

また、じり、と下がったところで、背が柱にぶつかる。

ずい、と顔が近づく。呼吸が触れるほどの距離だ。

手が伸びてくる。恐怖のあまり、蒼月は後ろ手で柱にしがみついた。

「兄上。いい加減になさいませ」

その時、凛《りん》とした声が響く。

がっちり閉じていた目を薄く開ければ、扉を背にした人がいる。

「熙姫《きき》。邪魔をするな」

不機嫌に答えた魯将軍は、しかし、それ以上迫ってはこなかった。

身体が離れ、やっと呼吸ができる。

(助かった……)

蒼月は、しがみついていた柱から腕を離した。

「若い、白い、細い、と何人女を囲えば気が済むのです。国を発してから、もう三人目ですよ?」

「暮らしの世話はする。苦労はさせん」

「夫の務めは、暮らしの世話をすることだけではありますまい」

まるで『賢妻懲夫』の科白《せりふ》である。

蒼月は拱手の礼を取りつつ、二人のやりとりを見ていた。

――幼い。

魯将軍は、三十歳程度の青年。将軍を兄と呼ぶ姫君は、十二歳ほどの少女であった。

贅《ぜい》を尽くした金の釵《かんざし》が、しゃらりと音を立てる。錦《にしき》の袍は鮮やかな紅色で、華やかな刺《し》繍《しゅう》が施されていた。目の眩《くら》むほどの豪奢《ごうしゃ》な装い。晏国の王女以外に考えられない。

しかし――

(暁姫《ぎょうき》様ではない……？)

晏国の未婚の王女は、十七歳の暁姫だけのはずだ。

当然、その暁姫が賓華として岱にくるものと思っていたのだが――

先ほど魯将軍が「熙姫」と呼んでいた。蒼月はその名を知らない。諸国の情報に詳しい自分が知らない名とすれば、王女の立場は推測し得た。

(庶子の王女でいらっしゃるのか)

父が王でさえあれば、母の腹によって王子王女の貴賤《きせん》は決まらない。

だが、後宮の外で生まれた庶子に関していえば、明確に地位は下がる。

(岱の賓華に、庶子の王女を送るとは……前例のない話だ)

遅れに遅れた賓華の入宮《じゅきゅう》。それも王女は庶子。波乱は必至である。公開処刑の暴挙といい、晏国の姿勢はあまりに不穏だ。

蒼月は、しかし動揺を顔には出さず、熙姫に向かって丁寧に頭を下げた。

「長旅お疲れ様でございました。皇帝陛下より、ご不便がないかお伺いするよう言いつかっております。なんなりと仰せになってくださいませ。こちらに書状を――」

出した書状は、蒼月が秘書大監の字を真似て偽造したものだ。

内容など特にない。ただ、挨拶《あいさつ》と、旅の疲れを労《いた》わる言葉を書いた。

「なんだ。猴《さる》に礼儀を教えてやろうとでも言うつもりか？」

魯将軍がせせら笑った。

よこせ、とばかりに魯将軍が蒼月の手から書状を奪い、それを熙姫が受けとった。

巨漢の将軍と並べば、幼い姫はずいぶんと小さく見えた。目鼻立ちの整った姫君だ。長ずれば、さぞ美しい姫君になるだろう。

そんなことを考えていた蒼月は、愛らしい熙姫の行動に驚愕《きょうがく》した。

火鉢に、文を放り込んだのだ。

「え……？」

紙は、ちりちりと炎を出さずに燃え――瞬く間に灰になった。

「私が学ぶことなどない。むしろ御苑は、膝《ひざ》を折って私に教えを請うべきだろう」

熙姫は、言い終えると椅子に腰を下ろした。

なんという傲慢《ごうまん》か。

（これが、晏国の王女――）

蒼月は、その場に膝をついた。

「不勉強で申し訳ございません。御苑に仕える者として、煕姫様に多くを学ばせていただきとうございます。よろしくご教授くださいませ」

煕姫は愉快そうに笑って、魯将軍を「兄上に用はありません」と手ぶりで追い払う。将軍は妹に逆らうことなく「あとでな」と好色な笑みを蒼月に送ったのちに出ていった。

入れ違いに、玉釵先生が茶器を運んできて、すぐに下がっていく。

部屋には、蒼月と煕姫の二人だけになった。

――空気が、重い。

「立て。――茶を進ぜよう」

「手ずからいただけますとは、光栄でございます」

蒼月は立ち上がり、茶が茶杯に注がれるのを無言で待った。

「魯家の男子は、王族といえど自ら剣を振るう。交剣の紋章は、その覚悟を示したものだ。では、その周りを囲む草がなにかわかるか？――飲め」

小さな手が、茶杯を示す。

「いえ、存じませぬ。――いただきます」

とにかく飲まねば帰るに帰れない。蒼月は会釈をし、茶杯を捧《ささ》げ持った。

「毒草だ」

ぴたり、と手が止まる。

「………」

「魯家の女は毒を用いる。覚えておくといい。——安心しろ。それにはなにも入っていない。まだ用があるからな。それで？　そなたの用は？」

まるでそれは、用がなくなれば、いつでも消せる、と言っているかのようである。——いや、そう言っているのだ。

自分にとって、有益な存在であれ、と。

（ここで気圧《けお》されては、殺される）

熙姫は、蒼月を疑っている。

御苑《ぎょえん》の采女《さいじょ》。皇帝の特使。そんな肩書きで、身を守ることは不可能だ。

蒼月は、覚悟を決めた。——茶杯を、ぐい、と干す。

「姫君のご様子をうかがいに参りました。ご不便のないようでなによりです。——香り高いお茶を、ありがとうございました」

香りもなにも、あったものではない。動揺を押し殺して笑顔で言えば、熙姫は、愉快そうに目を細めた。

「そなた、名は？」

「甄蒼月。――御苑にて秘書小監のお役目を賜っております。では、これにて――」

逃げよう。一目散に逃げよう。

蒼月は笑顔を保ったまま、後ろに下がる。

その時、扉がコンコン、と鳴った。

「煕姫様、馬車のご準備が整いましてございます」

蜥蜴《とかげ》とは別の、大柄な宦官《かんがん》が拱手《きょうしゅ》の礼を取る。

煕姫は愉快そうな表情のまま、蒼月の顔を見つめていた。

「御苑からの使者だそうだ。同乗させる」

「し、しかし煕姫様――」

宦官の動揺を、煕姫は手の動き一つで止めた。

(同乗？　黒爪党が狙う馬車に？　私が？)

蒼月は心の中だけで青ざめた。

「どうせ行先は同じ御苑であろう？　蒼月とやら。――話がしたい」

休暇中だ。行先は御苑ではないのだが。言ったが最後、疑いは深まるだろう。実際、叩《たた》けば埃《ほこり》の出る身である。

断りたい。だが、断れない。

こんなところで、死ぬつもりはない。死なぬためには、承諾するしかなかった。

霞《かすみ》の向こうに、隠居所が見え隠れしている。

「光栄でございます」

待ち受けるのは、池泉つきの隠居所か、死の淵《ふち》か。

蒼月は優雅な笑顔で礼を述べ――霞の向こうへと、一歩踏み出したのだった。

第三幕　珠姫と伯秦

馬車が一度止まり、また動きだす。

恐らく、今、皇都《こうと》の南大門《なんだいもん》をくぐった。

（どうか無事に戻れますように……）

熙姫《きき》は馬車に乗ってから、ずっと黙っている。

一度「岱《たい》においでになるのは初めてですか？」と世間話を持ち掛けたが「無駄話は好かん」と返されたきり、会話はない。

窓は開かぬようになっている。太い格子の間は細く、外の様子はうかがえない。

（音が変わった。……橋を越えている）

車輪の音と、揺れの変化で橋を渡ったことがわかる。

（もし襲撃があるとすれば、この辺りのはず）

皇都の南大門から青漢城《せいかんじょう》に至るまでの道で、黒爪党《こくそうとう》の潜伏が可能な場所は下町くらいしかないだろう。金玄橋《きんげんきょう》と、五進橋《ごしんきょう》。二つの橋の間だけだ。

馬車は進む。

蒼月《そうげつ》は、深く祈るあまり胸に手を当てていた。

「なんの意味がある?」

突然の問いに、蒼月は閉じていた目をパッと開いた。

向かいに座っている熙姫の、金釵《きんさ》が揺れている。

熙姫は、蒼月の仕草を真似ていた。

「祈っております、熙姫様。母が北方の出身で、朝晩、こうして祈っておりました」

偽りの身分には慣れている。とっさの返しもお手の物だ。

「傅女《めのと》が、同じことをする」

熙姫はそう言って、その後は閉ざされた窓の方に目をやった。

「左様でございましたか」

馬車に乗る前に見かけた他の侍女らは、皆一様に若かった。年齢からいって、玉釵《ぎょくさ》先生のことだと考えて間違いはなさそうだ。西が拠点の晏《あん》国に、それほど多く北方出身の者が仕えているとも思えない。

(そういえば、先ほども祈ってらした)

玉釵先生から預かった原稿が、まだ懐に入っている。心苦しいが、青漢城に到着し次第、返却すべきだろう。

「そなたは、なにを祈る？」

ちらり、と横目で煕姫がこちらを見る。

「馬車は苦手でございます。特にこのあたりは道が悪うございますから。——粗相をせずに済むよう、必死に祈っておりました」

困り顔で笑んでみせれば、煕姫はそれ以上の興味をなくしたようだった。

しばらくして——また、橋にかかる。

「道が変わったな」

煕姫がぽつりと言った。

たしかに、馬車の揺れが小さい。金玄橋と五進橋の間は抜けたようだ。

（あぁ、よかった！）

蒼月は、心の中だけで深く安堵《あんど》した。

（早く帰りたい……早く帰って、ゆっくり休みたい……）

緊張の限界を感じ、深く息を吐いた時——馬の嘶《いなな》きが、同時にいくつも重なった。

馬車の速度が、突然落ちる。

「あッ」

馬車は大きく揺れ、蒼月は革の手すりを強くつかむ。

――女の悲鳴と、男の怒号が聞こえた。

(なにかが起きている)

馬車は一度止まり、その後いっきに速度を上げた。

「何事だ?」

「わかりません。舌を嚙《か》みます! お喋《しゃべ》りになられませぬよう!」

馬車の速度は、なおも上がっていく。

(下町はもう抜けた。なにが起きているにせよ、これだけ皇都の中心部に近づけば、すぐに都衛軍が駆けつける――はず)

革の手すりが大きく揺れる。

必死にしがみついて耐えるうち、馬車が急停車した。

「――ッ!」

身体が宙に浮き、背もたれに叩きつけられた。

煕姫の身体は投げ出され、蒼月の隣の空いた席に倒れ込む。

――父の仇《あだ》だ。思い知れ!――

――死んで詫《わ》びよ! 晏国の獣《けだもの》どもめ!――

金属のぶつかる音にまじり、声が聞こえた。

(黒爪党だ！)

鋭い音、鈍い音。金属や、他のなにかがぶつかる音。馬の嘶き。悲鳴。

絶望の中で、蒼月は考えた。

事ここに至っては、身を挺《てい》してでも熙姫の身を守るしかない。

王女の身に傷一つでもつけば、岱と晏国の関係は致命的に悪化する。公開処刑は避けられず、遺臣狩りの規模は拡大するだろう。

(させない。それだけは)

この場で自分にできることは、一つしかない。

蒼月は、濃紺の袍《ほう》をパッと脱いだ。

「熙姫様、袍をお取替えください。私が、身代わりになりましょう」

身長が、頭一つ分違う。身代わりにはふさわしくないが、黒爪党は、晏国の王女が幼い熙姫であるとは知らないはずだ。

「賊に遅れは取らぬ」

熙姫は懐に匕首《ひしゅ》を抜いた。慣れた動作だ。多少の心得はあるのだろうが、捨て身の暴徒相手に、匕首一つでなにができるというのか。

「私には、夢があります」

蒼月が、脈絡もなくそう言ったので、熙姫は細く形のよい眉《まゆ》をぐっと寄せた。

「なに？……なんの話だ」

「夢があります。円満退職し、退職金を満額いただき、死ぬまで年金をもらい——悠々自適の隠居生活を送ることです。それが、もうすぐ手に入るはずでした。死にたくありません。私は、死にたくないのです」

死のうと思えば、いつでも死ねた。

王宮から逃げなければ。蛙や蛇を食べなければ。血のにじむ足を動かさなければ。あるいは、山で侍女のように滝へ身投げしていれば。母のように生きることを諦《あきら》めていれば。

——いつでも。

生きたい。まだ死にたくない。

都度、そう強く願い、願う度に気の咎《とが》めを感じてきた。

生き恥というならば、その通りだ。景雲《けいうん》の言葉は痛いほどわかる。

国を保てず、民を守れなかった王の娘に、明るい未来など許されるはずがない。

この血を自らの代で断ち、死ぬまで世を捨てて暮らす——と心に決めた時、少しだけ気持ちが楽になった。生きていることを許された、と思えたのだ。

隠居生活は、蒼月の夢である。夢であり、自らにかけた呪いでもあった。

「知るか。なんの話だ」

煕姫の眉間《みけん》には、幼さに不釣り合いなシワが刻まれる。

「毛一筋ほどの光でも、そこに光が見える限り、私は諦めませぬ。生きていたいのです。さぁ、袍を！」

「訳がわからん！　身代わりになって死ぬ気か？　生きたいのではないのか!?」

「生きたいです！　生き残ることができるのは、いつでも、より生きたいと強く願った方です。道が二つある時は、強く願った者に従われませ。僭越《せんえつ》ながら、今、この場では私の方が強く願っております。――この乱戦の中で、匕首一つで活路を開けるはずがございません！」

強く言い切り、蒼月は改めて「袍を、お取替えください」と頭を下げた。

チッと舌打ちしたあと、煕姫は紅色の袍を乱暴に脱いだ。

「牢獄《ろうごく》に行くくらいならば死んだ方がましかと思ったが……」

中原で最も伝統ある後宮を牢獄とは。よくぞ言ったものだ。人のことは言えないが。

急ぎ、袍を交換して身に着ける。

さらに蒼月は、煕姫の金釵を手当たり次第抜いた。そのうちのいくつかを、自分の髪に次々と挿す。

——あれだ！　あの馬車だ！

——王女がいるぞ！　殺せ！

間近で、声が聞こえた。

ドン！　ダン！

衝撃が、直に伝わってくる。

（この馬車を狙っている？　まさか！）

晏国の王族は、乗っている馬車を特定されぬよう細心の注意を払っている。

どうして、黒爪党らは過たずこの馬車を狙えたのか。

ドン！　と音が鳴る度、恐怖に身が凍る。

——王女は小娘だ！

——殺せ！　血祭にあげろ！

信じがたいことに、馬車だけでなく王女の風体まで黒爪党は把握している。

（どうして？　なぜ王女のことが!?）

この恐慌状態では、思考が追いつかない。

乱闘の音が、間近で起きている。なにかが馬車にぶつかり、ガタン！　と突然傾いた。

車輪が壊れたらしい。

熙姫の身体が、蒼月の上に重なった。

途端に、ガン！　と大きな音がして、扉が破られる。

「ご無事ですか!?」

光が、傾いて上にある扉から強く射した。

眩《まぶ》しさに目を細めながら見上げれば「お手を！」と声がする。

顔が見えた。

（景雲!?）

そこにいたのは景雲だった。

だが、この場で名は呼ぶことはできない。

景雲の手が、まず熙姫の身体を持ち上げ、外に出す。

続いて蒼月の手を引っ張り上げ、目を見開いて驚いていた。蒼月がいることと、恐らくはこのきらびやかな袍にも。

改めて、景雲は熙姫を見る。――そして確信したようだ。この少女が、晏国の王女その人だ、と。

「この馬車の向こうに、酒楼がございます。私が援護いたしますので、まっすぐにお進みください。振り返らず、まっすぐに。——お急ぎください！」
叡泉《えいせん》の言葉は本当だった。景雲は、王女を守るために駆けつけたのだ。
あの『北天双星《ほくてんそうせい》』の勇者の言葉のように、景雲の声は蒼月の心を奮い立たせた。
「参りましょう！」
蒼月が煕姫の手を取ろうとすると、パッと払われる。
「その格好で先導するな。愚か者」
そうだ。今、蒼月は煕姫の袍を着ている。姫君が侍女を守るのはさすがにおかしい。
先に煕姫が走り出す。それに続こうとした足が、なにかに触れる。
ぬるり、としたなにか。——血だ。
「ヒッ！」
人が——死んでいる。
見てはならぬ、と頭で声が響いているのに、蒼月は足元を見てしまった。
車輪にもたれて死んだ者。折り重なるように倒れた者。
一人は額に刺青がある。一人は片腕の肘《ひじ》から下がなかった。
(黒爪党だ)
すぐにわかった。肉刑を強いるのは、いつもの晏国のやり口だったからだ。

恐怖に足が竦《すく》みそうになる。

だが――ダメだ。足を止めれば、死ぬ。

「お急ぎを！　振り返らず、まっすぐに！」

景雲の声の直後に、剣のぶつかる音がする。

――振り返ってはなりません。姫様。前だけを向かれませ。前だけを。後ろを見てはいけません――

誰かの声が、頭の中で響いている。あれは、浩志国《こうし》を脱する時、傍にいた乳母の声ではなかったろうか。彼女自身は、矢を受けて死んでしまったが。

（死にたくない！）

まだ死ねない。死にたくない。

池泉つきの隠居所が、待っている。

蒼月は、走った。

どこに向かっているかを途中で見失ったが、恐らく、景雲が指さした方向に走ったはずだ。無我夢中で、走った。

倒れ込むように入った場所は――酒楼のようだ。

紅《あか》い敷物が鮮やかな卓に、壁にびっしりと並んだ酒瓶。華やかな提灯《ちょうちん》。

倒れ込むように酒楼に入った勢いのまま、蒼月はその場にへたりこむ。
（着いた……）
「姫様！」
「あぁ、ご無事で！」
衝立《ついたて》の陰から、侍女たちが出てきた。
玉釵先生も無事だったようだ。蜥蜴《とかげ》の姿も見える。
侍女たちは熙姫に駆け寄り、無事を喜んでいた。
――外では、まだ騒ぎが続いている。
（隠れなくては。まだ、ここも安全ではない）
いつ黒爪党に見つかるか知れない。騒ぎを収めて隠れさせよう。
蒼月は立ち上がり、
「熙姫様、こちらへ――」
熙姫の手を取り、衝立の陰に誘導しようとした。
その手が、パン！　と払われる。
（……え!?）
蒼月は驚き、叩《たた》かれた手を引っ込めた。

「賊は、なぜ私の馬車を知っていた？」

その一言に、ぴたりと誰しもの動きが止まった。

辺りは、冬の凍てつく湖面さながらに静まり返る。

代わりに響いたのは、酒楼のすぐ近くで響いた男の悲鳴だ。

たまらず、玉釵先生が熙姫に近づく。

「熙姫様、今はお隠れを――」

「お前か⁉」

熙姫は、玉釵先生を、どん！　と突き飛ばした。

あ、と思った時にはもう遅い。

よろめいた玉釵先生は、卓にぶつかり、その卓が壁の酒瓶を揺らした。

――ガシャン！

派手な音を立て、酒瓶が砕ける。

（まずい）

さらにもう一つ、酒瓶が砕けた。こんな音を立てては、黒爪党に居場所を知らせるようなものだ。

景雲が、酒楼に飛び込んできた。

「お早く！　皆様、お隠れください！」

返り血にまみれた景雲の剣幕に、さしもの熙姫も諦《あきら》めたのか、衝立の方に向かう。

蒼月は、玉釵先生を助け起こし、やや遅れて衝立に向かった。

今更息を殺したところで、遅いのかもしれない。それでも蒼月は、荒い呼吸を整えようと努める。いつでも、死んでいくのは歩みを止めた者からだ。

ふいに、横にいた玉釵先生が、ぎゅっと強く蒼月の手を握った。

「──だけは、死なせたくない」

聞こえてきたのは、かすかな囁《ささや》き声だ。

こちらも極度の緊張状態で、余裕がなかった。はっきりとは聞き取れず、それでいて聞き返すこともできない。

状況から推測すれば、熙姫だけは守りたい、とでも言ったのだろう。

傅女《めのと》ならば、実母以上の身近さで仕えてきた姫君を案ずるのも当然だ。だからこそ、蒼月はその言葉に注意を払わなかった。

直後に、ガタン！　と大きな音と足音が幾つか続き、

「誰かいるのか！」

と太い男の声が響く。

まっさきに反応したのは、煕姫だった。

「兄上！」

「おぉ、煕姫！　そこにいたか！」

衝立から飛び出し、兄の魯《ろ》将軍のもとに駆け寄る。

蒼月も、侍女たちと一緒に衝立の陰から出た。

巨漢の魯将軍の他に、数人の兵士の姿が見える。皆、剣ばかりか顔も手足も血まみれだ。

「賊は、もう片づきましたか？」

「あらかた片づいた。しょせん烏合《うごう》の衆よ。取るに足りん」

魯将軍は、壁の酒瓶を一つ手に取り、ぐいと呷《あお》る。

「私の馬車が、賊どもに知られておりました。そればかりか、風体まで。内通者がいるはずです」

「調べはついている。亡国の王族を旗頭に立てるのは、黒賊《こくぞく》の常套《じょうとう》。それも性質の悪いことに、賊は出自を偽りお前の身辺に潜んでいた。――名乗り出るなら今のうちだぞ？」

亡国の王女。偽りの出自。

蒼月の心臓は、口から飛び出んばかりに跳ねている。

「兄上。殺すだけでは飽き足らぬ。人籠《じんろう》に入れてくださいませ」

「もとよりそのつもりだ」

身体がガクガクと震えていた。

(違う。私ではない)

黒爪党らの旗頭になった覚えも、王女の馬車を教えたこともない。

だが、魯将軍は酒瓶を放って、近づいてきた。

(殺される!)

もはや残された道は、景雲にもらった匕首《ひしゅ》で自らの喉《のど》を衝《つ》くか——決死の覚悟で、無謀にも匕首を魯将軍に向けるか。それだけだ。

せめて——せめて、一矢報いてから死にたい。

ほんの一瞬の間に、蒼月の頭の中を様々なものがよぎった。

浩志国の王宮の、明るい庭。池泉で戯れる子供たち。木陰で物語の話をして——

その頭によぎる映像は、突然途切れる。

「姉上様!　お逃げください!」

叫ぶ声が響いた。

誰かが——蜥蜴が叫び、魯将軍に体当たりをしたのだ。

だが、宦官《かんがん》一人が、巨漢の武人相手になにができただろう。

蜥蜴は、襟首をつかまれ、毬《まり》のように壁まで飛ばされた。

あっという間のことだった。

酒瓶の載った棚は壊れ、壁に叩きつけられ蜥蜴の身体の上に、次々と落下する。

埋もれてしまった蜥蜴は、それきり動かなかった。

「人籠に入れそこなった」

魯将軍は舌打ちし、さらにこちらへ近づいてきた。

もう、なにがなにやらわからない。頭が真っ白になる。

カラリ、と横で小さな音がした。恐怖で感覚が敏感になっている。戦《おのの》きつつ見れば、足元に鞘《さや》が落ちていた。複雑な蔦《つた》模様が描かれた鞘だ。

「――？」

隣にいた玉釵先生が、一歩、踏み出した。その手に、抜き身の刃が閃《ひらめ》く。

意味するところは、一つだ。

何者かを、玉釵先生が刺そうとしている。

その向かう先には――熙姫がいた。

蒼月は、とっさに帯に手をやる。景雲から預かった守り刀を取ろうとしたものか、自分でもよくわからない。その手に触れたものは――筆筒《ふでづつ》であった。

蒼月は、とっさに筆筒を投げつけていた。

力加減やら、狙いなど、まったく頭にない。

ただ、走る玉釵先生の足元で竹の筆筒は割れ、中の墨壺《すみつぼ》が砕けた。

ほんの少しだけ玉釵先生の足が遅くなる。些事《さじ》だ。しかし、この動きが、景雲に異常を伝えた。

景雲が走りだしたのは、その直後のことであった。

玉釵先生は景雲の体当たりを受けて、どさりと倒れる。

その手から転げた匕首は、一瞬にして、事態を場の全員に伝えた。

（玉釵先生が、どうして――）

そこにいるのは、晏国の王女の殺害を企《たくら》んだ女である。

死は免れない。晏国が、自らに牙《きば》をむいた者に、どのように残虐な報いを行ってきたか。誰もが知っている。美しい物語を紡ぎ出したこの女性は、明日の公開処刑の列に並べられるだろう。

景雲が、蒼月を見た。

魯将軍でもなく、熙姫でもなく、蒼月を。

今、玉釵先生を救える者がいるとすれば、それは彼女の間近にいる景雲しかいない。

蒼月は、うなずいた。

お願いします、と口だけを動かして。

――せめて、苦痛と恥辱を味わうことなく死なせてやりたい。

ずぶり、と景雲の刃が、玉釵先生の胸を貫く。

細身とはいえ、男の身体だ。玉釵先生の身体は、景雲の背に隠れた。

ただ、腕が。宙に伸ばされた細い腕が、ばたりと床に落ちたので、彼女が声もなく絶命したらしいことは知れた。

「余計なことを！　人籠に入れ損ねたではないか！」

魯将軍が景雲に近づき、蹴《け》り飛ばす。

容赦のない蹴りで、景雲は柱まで飛ばされた。

「お許しください。王女様を守らんと必死で――」

「うるさい！　くそ！　許さんぞ！　王女を危険に晒《さら》し、許可なく賊を殺した。大罪だ。貴様も人籠に入れてやる！」

違う。景雲は、襲撃を止めようとした。

それどころか王女を守ったのだ。人籠に入れられる理由など、あろうはずがない。

「お、待ちください！　この青年は、身を挺《てい》して王女様をお守りし――」

どうしても黙ってはいられなかった。

自分の言葉は、ほぼ無意味だ。それでも、蒼月は魯将軍と景雲の間に割って入っていた。

すでに景雲は、晏国兵によって取り押さえられている。

このまま見殺しになどできない。彼の帰りを、陶《とう》国で弟妹らが待っているのだ。

「黙れ！　やはり貴様も黒賊か!?」

魯将軍は、蒼月の胸倉をつかみ、ぐいと持ち上げた。つま先が宙をかく。

殺される――

瞼《まぶた》をぎゅっと閉じ、身体を強張《こわば》らせたその時、声が響いた。

「待たれよ！」

魯将軍の腕が止まり、いきなり乱暴に投げ出される。

「あッ……！」

不快な浮遊感のあと、どさり、と床に倒れ込んだ。

痛みに顔をしかめながら顔を上げると――

（叡泉《えいせん》様！）

そこに、叡泉がいた。寺にいた文官たちも後ろに続く。

「なんの用だ」

魯将軍は、剣の柄《つか》に手をかけ、文官たちをねめつけている。

岱の皇帝と、晏国の将軍。

さながら、中原の政治的緊張の縮図だ。

「魯将軍、お初にお目にかかる。私は史《し》叡泉。岱を一時預かる身だ」

侍女たちが息をのみ、その場に膝《ひざ》をついて頭を下げた。

手の空いている兵士らと共に、蒼月も倣う。

「……皇帝陛下。まさかこちらにおいでとは……」

さすがの魯将軍も、頭を下げたようだ。声の位置がやや変わる。

「魯将軍、あとは任されよ。ここからは、我々が王女を青漢城までお連れする。晏国邸に入られるがよい」

次々と酒楼に兵士が入ってくる。蒼月の下げた視線でも、晏国兵の倍以上の数がいることはわかった。

チッと魯将軍は舌打ちをした。

非礼が過ぎる。横にいたらしい文官が「御前であるぞ」と窘《たしな》めたが、叡泉は「よい」と文官を止めた。

「こちらにも面子《メンツ》というものがございます、陛下。この場は晏国軍が指揮を執る」

高いところで声がする。もう魯将軍の頭の位置は戻っているようだ。

「負傷者も、死者も多数出ている。手当も埋葬も、こちらにお任せ願おう」

「いや、罪人どもは全員引き渡していただく。明日、並べて処刑いたします」

「ここは皇都。皇都で起きた事件ゆえ、こちらで取り調べの上、適切な処罰を下す。それと――再三の要請どおり、明日処刑が予定されている者たちも、岱の裁きにて罰を決することとする」

どん、と魯将軍が足を踏み鳴らした。

びくっと頭を下げた侍女たちが、身体を竦《すく》める。

「向けられた刃には、刃を返す！　それが魯家のやり方でございます。手出しは無用」

「晋《しん》将軍は岱に仕え、決して晏国に弓引くような真似はしていなかった」

「遺臣どもはすべて敵だ！　黒賊となんら変わらん。一度でも我が国に背いたからには、人籠に晒し、その罪を償わせねばなりませぬ」

「その件に関してはゆるりと話しあおう。ひとまずこの場は私が預かる。――姫君。入宮前ではあるが、今は非常時。お声がけをお許しください。お怪我はございませんか？」

――叡泉が、こちらに近づいてくる。

煕姫は、やや離れた場所にいるというのに。

ご無事ですね？　と重ねて問われる。袍の裾《すそ》と、沓《くつ》が見えた。

（どうしてこちらに？……あ！）

袍だ。──蒼月は、今、熙姫の袍を着ている。豪奢《ごうしゃ》な紅の袍はさぞ目立つことだろう。

冷や汗が、どっと出る。

恐れながら私は身代わりでございます──やや高い声を作って発するより先に、

「熙姫は私でございます、陛下」

当人が、堂々と名乗った。

「あぁ、これは失礼を。お怪我はございませんか？」

「賊の刃など、受ける謂《いわ》れはありませぬ」

熙姫は、こちらに近づいてくる。濃紺の袍の裾が目の端に映った。

露見せずに済んだ──と思ったのも束の間。いきなり、ぐい、と髪をつかまれた。かしやりと金釵《きんさ》が落ちる。

「あ──！」

「皇帝陛下よりの特使を名乗る不審な女が、紛れ込んでおりました。内通者の恐れがございます。この顔に見覚えはございますか？」

熙姫に強い力で髪をつかまれ、抗《あらが》いようもなく顔を上向かされる。

叡泉と、ぱちりと目が合った。

言い逃れのできる状況ではない。——叡泉が、驚きを表情に出す。

「甄尚書《しんしょうしょ》ではないか！」

やや大げさなほどの声で、叡泉が蒼月を呼んだ。


「陛下——」

叡泉は、蒼月の前に片膝《かたひざ》をつく。

さすがに熙姫も、髪をつかみ続けるわけにもいかなかったようだ。手が離れる。

蒼月は自由になった頭を再び下げた。

「馬車に乗れとあれほど言ったというのに！——物語か!?」

叡泉が耳元で囁《ささや》く。

「申し訳ございません！ 成り行きで！——物語です!!」

蒼月も頭を下げたまま、囁き声で謝罪した。

こんなはずではなかったのだ。

なぜ、このような事態になったたか。——蜥蜴の誘惑に負けたせいである。

ちらりと叡泉の顔を上目に見れば、さすがに表情も険しい。

「関《かん》景雲を助ける。——力を貸してくれ。いつもの調子で頼む」

「……え？」

お叱りが続くかと思えば、想定と違う内容が聞こえた。

もう叡泉は立ち上がっている。囁き声の届く距離ではない。

（景雲を助ける？　どうやって？　いつもの調子？　どういうこと？）

助けられるものならば、助けたい。なんでもする。

具体的な指示がない以上、どんな物を投げられても、受け取り、正しく投げ返さねばならない。蒼月は、一字一句も聞き逃すまい、と神経を集中させた。

「姫君を守らんと、身代わりまで買ってでるとは……見上げた忠義者だ。いや、よくぞ姫君を守ってくれた。礼を言うぞ、甄尚書！」

叡泉は、力強く――目の前の蒼月に語りかけるには大きな声で言った。

（あぁ、なるほど。――いつもの調子ね）

叡泉の意図は、苦もなく汲《く》み取ることができた。

たしかに慣れたやり取りだ。いつも通り。「そなたは素晴らしい」「恐れ多い。私の功など取るに足らぬもの」それだけだ。

薄氷の上を歩くかのような緊張の中、蒼月は腹をくくる。

「陛下、私の功など何程のことがございましょうか。あちらの兵士が、姫君だけでなく暴徒から我々を助け、守り抜いてくれたのです。そればかりか、突然に姫君に向けられた内通者の刃からも、身を挺して守りました。今は誤解から捕らわれようとしておりますが、何卒《なにとぞ》、罪なき者を罰せられませぬよう、お願い申し上げます」

何卒、と蒼月は繰り返し、頭を床につけた。

「案ずるな。私は、決して故なく人を罰しはしない。たとえ誰であろうとだ」

あぁ、と天を仰いでから、涙を袖《そで》で押さえる動作をする。

「まことに――まことにありがとうございます、陛下！　彼ほどの勇者を、恩を受けた側が罰するなど人の道に悖《もと》りましょう。ここで見過ごしては、生涯父祖の霊に恥じて生きねばならぬところでございました！」

目元を押さえつつ叡泉の顔をちらりと見る。

叡泉は、蒼月だけにわかるように、小さくうなずいた。

（……うまくいった！）

蒼月の打った手は、叡泉の援護になったらしい。

「まったくその通りだ。勇者を称《たた》えぬ将のもとで、どうして兵が勇敢に振舞えよう。――放してやれ」

叡泉の指示で、力任せに押さえられていた景雲が解放される。

脇腹を押さえた景雲は、痛みを顔に出すことなく、膝をついて叡泉への敬意を示した。

「待たれよ」

魯将軍の低い声に、叡泉はくるりと振り返る。

「お疲れであろう、魯将軍。晏国邸までお送りしよう」

「断っておくが、黒賊どもを引き渡すつもりはございませんぞ。処刑は明日。賊どもをまとめて人籠に入れる！」

「ここは皇都。罪人はこちらが引き取り、裁く。必要な者には罰を正しく与えよう」

「向けられた刃は返す！　見せしめでもせねば、愚かな虫けらはまた牙《きば》をむく！」

魯将軍の怒声に、また侍女たちはびくりと身体をすくませる。

（違う）

蒼月は、唇をかみしめた。

道がないのだ。土地を奪われ、家族を奪われ。肉刑によって身体の一部を奪われた者もいる。さらに重税がのしかかり、いっそう生きる希望は削《そ》がれていく。

なにもかもを奪われた人々の、最後に残るのは憎悪だ。

――どうせ死ぬなら、せめて仇に一矢報いてから死にたい、と。

絶望の中で蒼月も思った。非力な采女《さいじょ》の身であってさえ、とても強く。

る職ではないか。

（必要なのは、見せしめの殺戮《さつりく》ではない）

黒爪党に必要だったのは、飢えや寒さをしのぐことのできる暮らしと、自らを養うに足る職ではないか。

叫び出したい気持ちを抑え、蒼月は叡泉の背を見守る。

「魯将軍。この一行が、どこに向かう、なんの行列かを忘れたわけではあるまい？」

叡泉は、口調をややゆったりとさせて魯将軍に問うた。

「忘れようもありませぬ。入宮《じゅきゅう》する我が晏国の王女の花嫁行列でございます」

魯将軍は口早に吐き捨てた。

「花嫁の衣装を、怨嗟《えんさ》で汚してはならぬ。そうは思われぬか？」

「魯家の娘の手が、血にまみれるのは宿命にすぎませぬ」

「今日の日の血なまぐささを、皇都の人々は姫君の名と共に記憶することになるだろう」

「それがなんだというのか。恐れるならば、恐れるがいい」

「姫君がこれから住まわれるのは、この皇都だ」

「……脅すつもりか？」

せせら笑う調子だった魯将軍の声音が、獰猛《どうもう》に変じる。

「そうは言わぬ。だが、他国に嫁ぐ姉妹の幸いを願わぬ兄弟はおるまい。互いの益について話し合いたいと切に望む。──それとも、将軍は破談にできる権限をお持ちか?」
ぎり、と歯を噛《か》みしめる音が、間近で聞こえた。
熙姫だ。
横目で見れば、熙姫が険しい顔で未来の夫をにらんでいる。
(姫は、破談を望んでいない。──たとえ本人の意に染まぬことであったとしても)
牢獄、とまで御苑《ぎょえん》を呼んだのだ。熙姫自身は入宮を望んではいないのだろう。
その熙姫が、破談という言葉に歯噛《はが》みしている。
魯将軍も押し黙ったまま、咄嗟《とっさ》の返しをしていない。
(晏国は、この縁談を続けたいのだ)
兄妹の態度に、晏国の意思が見える。
叡泉の方に目をやれば、魯将軍と対峙《たいじ》して一歩も引かぬ構えである。
蒼月は、玉釵先生の軀《むくろ》を見た。それから、蜥蜴を。
まだ汚されず、晒《さら》されてもいない真新しい軀。
──私だ。
蒼月は、そのように思った。
玉釵先生も、蜥蜴も、外で倒れる黒爪党の男たちも。

私であり、父であり、兄であり、姉であり、弟妹たちだ。彼らの誇りを守りたい。

(助けたい)

蒼月は、もうなにもできない子供ではない。

できる。まだ——間に合う。

(助けてみせる)

蒼月は、すぐ横にいる熙姫の肩を、とん、と指で叩《たた》いた。

途端に、ものすごい形相でキッとにらまれる。

火花でも散りそうな一瞬ののち、蒼月は「一芝居、乗りませんか」と囁いた。

幼い顔に似合わぬ深い眉間《みけん》のシワが、やや浅くなる。

迷いがあり、そののち、ふいと目をそらし——小さくうなずいた。

(よし)

一世一代の大勝負だ。

「恐れながら、皇帝陛下に申し上げます」

蒼月は、一歩前に進み出た。

「……甄尚書、どうした」

「熙姫様には、本日初めてお会いいたしましたゆえ、そのお人柄に触れる機会は少のうございましたが……熙姫様は、『架月黛山《かげったいざん》』を愛読されておられます。かの物語を愛する姫君が、亡国の王族や遺臣らに酷薄な仕打ちを望まれるはずがございません。――絶対に、あり得ませぬ」

蒼月は、叡泉を見つめて強く断言した。

（どうか――どうか、届きますように）

人の心が読めるのならば、今こそ読んでもらいたい。

「……ふむ。その『架月黛山』というのは、どのような物語だ？」

叡泉は、蒼月の思いを読み誤らなかった。

背中を押す叡泉の問いに、蒼月は堂々と答える。

「小国の王女と王子が国を失ったのち、流浪を経て復讐《ふくしゅう》の機会を得る――という話でございます。そこには、徒《いたずら》に憎悪を燃やすだけでなく、希望を捨てずに生きるひたむきな姿が描かれているのです」

魯将軍は「くだらぬ」と吐き捨てた。

物語の筋のことではない。今の言は、蒼月が仕掛けた茶番への評価だ。

「ふむ……彼らは闇雲に流血を望みはしなかったのだな？」

しかし、叡泉はなおも続きを促した。

「はい。姉弟は、復讐のみに生きるのではなく、それぞれに指導者となり、善政を敷いて民を守ります。そして人々もまた、姉弟を慕うのです。彼らの本当に望んだものは、血なまぐさい復讐だけではありませんでした」

蒼月は、物語の結末を知らない。

どのように締めくくられるはずだったのか、原稿は燃やされ、玉釵先生も亡くなった今、誰にもわからない。

「なにを望んだのだ？　その姉弟は」

あの時、玉釵先生はなにを望んでいたのだろうか？

復讐を？　魯将軍を殺すことを？　仕え続けた王女を殺すことを？

（わからない）

ただ、一つだけわかることがある。戦さえなければ、玉釵先生が命を捨てねばならぬほどの怨《うら》みを持つことはなかった。

「――争いのない世を」

芝居だ。茶番だ。

だが、声に出した途端、その科白《せりふ》はたしかに血肉をもった。

「そうか。そのような物語を姫君はお好みであったか」

「はい。戦は、憎しみを生みます。怨みの連鎖に囚《とら》われた者が、いかに苦しむか。姫君は物語を通してよくご存じのはずでございます」

ちらり、と蒼月は姫君を見——

ぎょっとした。熙姫の沓が、玉釵先生の袍を踏んでいる。

目と手ぶりで必死に伝えれば、熙姫の足は、さりげなく移動した。

「たしかに。酷《むご》い処刑など望まれるとは思えぬ」

「はい。差し出がましいことを申しますが、姫君は此度《こたび》のことに深く心を痛めておられます。どうぞ、皇帝陛下におかれましては、未来の賓華様のお気持ちを汲んでいただきたく存じます」

魯将軍は、黙って腕を組んでいる。

熙姫も、黙ったままだ。

「私は姫君の未来の夫として。魯将軍は妹を送りだす兄として。ここは一つ、お気持ちに応《こた》えようではないか。民は熙姫の名を、慈悲深いお方として記憶するだろう。——さ、姫君をお連れしてくれ」

酒楼の前で待機していたらしい岱の女官たちが、入ってくる。

熙姫をはじめ、侍女たちも、女官たちに介抱されて酒楼を出ていった。

魯将軍は、忌々《いまいま》し気に女たちを見送ると、チッと舌打ちをした。納得しかねているのだろう。だが、程なくして挨拶《あいさつ》もなく出ていった。晏国兵も続く。

残ったのは、叡泉以下の文官と、兵士。そして景雲と蒼月だけだ。

それから——玉釵先生と、蜥蜴。

二人の軀は、兵士たちによって並べて置かれた。

叡泉が、自らの袍を彼らにかけ、静かに手を合わせる。

「此度の犠牲者と共に、丁重に葬ってくれ」

叡泉は控えていた文官に告げると、慌ただしく「甄尚書！　急ぎ馬車へ！」と言い残して出ていった。

彼らのために、せめて祈りたい。蒼月は胸に手を当てようとしたが——外から呼ばれて叶《かな》わなかった。

「特使様。姫君がお呼びです。どうぞお急ぎください」

青ざめた女官に懇願され、慌ただしく外に出る。あの姫君の相手は、さぞかし肝の冷えることだろう。

示された岱の馬車の窓が、わずかに開いている。

惨劇の様子を直視しないよう、目を細めながら足早に近づく。

「お呼びでございましょうか、煕姫様」

　窓が大きく開き、濃紺の袍が投げ出された。

　蒼月はしっかりと両手で受け止める。すぐに自分の豪奢《ごうしゃ》な袍も脱ごうと思ったが「要らん」と断られてしまった。要不要で言えば、蒼月も不要である。

「貸し借りはなしだ。――いいな？」

　物騒な目が、蒼月をにらむ。

「貸しも借りもございません。皇帝陛下にお仕えする者として、賓華様をお守りするのは当然のことでございます」

「お前が持参した書状――あれは、お前が書いたものだろう？」

　蒼月が浮かべていた笑みが、固まる。

「あれは――」

「撒《ま》かれた墨と、同じ匂いがした」

　にやりと煕姫の口が片方つり上がる。

　墨の匂いで看破したとすれば、驚異的な嗅覚《きゅうかく》だ。魯家の女は毒を使う――と煕姫が言ったのは、こうした能力を示唆していたのだろうか。

　あの場で煕姫が断罪すれば、魯将軍の手によって殺されていてもおかしくはなかった。

「お見事でございます。あの場で明かされておりましたら、誤解をとくのに手間取るところでございました」

「誤解か。――そういうことにしておいてやろう」

窓が閉まり、すぐに馬車が動きだす。

（危うかった……）

命の危機は、自覚していたよりも多種多様に迫っていたらしい。馬車が去ったのち、蒼月は大きく息を吐きだした。

酒楼に戻ると、もう軀ばかりか、景雲の姿もなかった。

兵士の一人が、蒼月を隆《りゅう》国邸に送ると言ってきた。

なんと長い回り道をしたことだろう。気が遠くなりそうだ。

「陛下の密命で行動されたと、隆国邸の皆様にお伝えするよう言いつかっております」

隆国邸を黙って抜け出している。誤魔化《ごまか》すよりも、皇帝の威を借りた方がよほど楽だ。

蒼月は言われるままに馬車に乗り、堂々と隆国邸へと戻ったのだが――馬車に乗ってから向こうの記憶はほとんどない。

あまりにも多くのことが起こり過ぎた。蒼月は帰るなり、そのまま牀《しょう》に入って、翌日の夕まで昏々《こんこん》と眠り続けたのだった。

キラキラと、川面《かわも》が光っている。

蒼月は、ぼんやりと書肆《しょし》の近くの橋の上で川を見ていた。

あの襲撃の日から、十日が経っている。

皇都周辺ばかりでなく、西の国境あたりでも晏国兵が動いていたとかで、寧堅《ねいけん》は今もあちこちを走り回っていた。

公開処刑は、熙姫の嘆願により中止された——ことになっている。

晋将軍はじめ遺臣たちも、黒爪党との関与なしと判明した順に解放されたそうだ。

襲撃を行った黒爪党らの罪は正しく裁かれ、多くが死罪、あるいは流罪になったという。

晏国の王宮に紛れ込み、情報を渡していた傅女《めのと》と宦官《かんがん》が、十五年前に滅びた最北の小国・宝基《ほうき》国の王女と王子であったことは、早い段階で明らかになっていた。彼らを旗頭に立て、黒爪党は襲撃を企てていたのだ。

「宝基国の王女も、馬鹿なことをしたものだ。晏国で余生を過ごせばよかったものを。黒爪党の口車などに乗りおって」

寧堅はそれから「どいつもこいつも、愚かな連中だ」と吐き捨てていた。

(愚か——だったのだろうか)

川面をながめながら、蒼月は寧堅の言葉を思い出していた。

蒼月は、彼らの暴挙を、愚か、という言葉で片づけることができない。

「──蒼月様」

声をかけられ、パッと振り向く。

そこにいたのは、趙《ちょう》景雲だ。

「景雲！」

「ご無事で。今はお一人ですか？」

蒼月は、ちらりと書肆の入り口を見た。

仮病に騙《だま》された侍女は、怨み節が執拗《しつよう》で敵《かな》わない。平謝りに謝ったが、ひどい、あんまりです、と際限なくなじられるので、今は距離を取っていた。

「ええ、侍女は書肆で待っています。──あぁ、よかった、貴方《あなた》が無事で。熙姫様に呼ばれて戻った時には、もう姿が見えなくて」

「申し訳ありませんでした。事態の収束のため、急ぎ詳細を報告するよう命じられたのです。その甲斐《かい》あって、岱からも、晏国からも、それぞれ報奨金をいただきました」

景雲が、かすかに笑んだ。

「ありがとう、景雲。私は、貴方ほどの勇者を他に知りません。父も──きっと冥府《めいふ》で貴方を誇らしく思っていることでしょう」

蒼月も笑みを返す。

本心からの言葉だ。あの日の景雲は誰よりも勇敢だった。さすが文武両道で知れた趙家の男子。父がここにいれば、手を打って喜んだだろう。

ぐっと涙が込み上げて、蒼月はこぼれた涙を手巾《しゅきん》で押さえた。

「お二人のお力で、多くの者が難を逃れました」

「陛下は快刀乱麻のお働きをなさいましたが、私はなにも。叶うことならば――」

言いかけた言葉が、胸の痛みで途切れる。

叶うことならば、彼らを止めたかった。玉釵先生と蜥蜴の軀《むくろ》が、脳裏に蘇《よみがえ》る。

「筆庵会《ひつあんかい》に玉釵先生の件をご報告いただき、ありがとうございました。おかげで、混乱も少なかったようです」

景雲も、蒼月の表情を見て察したらしい。

「あのようなことになりましたし、お伝えしておかねばと思って」

「残念です。あのような形で、先生の最後に関わることになろうとは」

「いえ、貴方の慈悲には大きな意味がありました。ですが、お止めできなかったことだけが残念でなりません。……筆庵会にもお伝えしましたが、最終帖《じょう》の原稿は、先生ご自身の手で半ばが破棄されました。聞いていますか？」

「はい。返事も託されております。筆庵会では、最終帖の読み取りは不可能と判断しました。名作です。いずれ、どなたかが完結させる日を待つことに決まりました」

お返しします、と言って景雲は、半ば破られた原稿を蒼月に渡した。

「いえ、これは私のものではありません」

「蒼月様が采女《さいじょ》と知って、できれば続きを託したい、と筆庵会の全員が望んでおります。私も、勝手ながら蒼月様ならば、と思い、原稿を託すことを請け負いました」

幻の第八帖。蒼月は、躊躇《ためら》いつつも原稿を受け取った。

「……玉釵先生も同じことをおっしゃっていました」

「左様でございましたか。――勝手を重ねて申しあげますが、なにやら運命のようなものを感じます」

それも玉釵先生が言っていたことだ。

死の直前、二人の亡国の王女が、作家と、愛読者として出会う。

今になって振り返れば、なんとも物語めいた出来事である。

「その才のある人ならばともかく、私にはできそうにありません」

「なにをおっしゃいます。よく、我々に様々な物語を聞かせてくださったではありませんか。――あの、美しい王宮の庭で」

「あれは――」

たしかに――記憶がある。

日の光を弾《はじ》く清らかな池泉。四季折々に彩りが変わる明るい王宮の庭。

最初はなにがきっかけだったろう。庭の木陰で、景雲の姉たちにせがまれて。あるいは姉や妹たちからだったろうか。

望まれるまま、身振り手振りを交えてたくさんの物語を作り、伝えた。

次は？　それでどうなるのです？

キラキラと輝く瞳《ひとみ》や、紅潮した頰。ハッと息を飲む音。ころころとまろやかな笑い声が、脳裏に蘇った。――美しい思い出だ。

「私も、姉たちの横で楽しく拝聴しておりました。才というならば、蒼月様ほど才のある方を存じ上げません。きっと完成させてください。次に皇都に参るのが楽しみです」

景雲の最後の一言で、美しい庭の像がかき消える。

「次に？　どこかへ行くのですか？」

「申し訳ありません、話が前後してしまいました。――暮らしの立ちゆかぬ遺臣らを連れて、皇都を離れることにいたしました。まとまった金は入りましたが、岱はなにをするにも金が要ります。気候の穏やかな土地を探して、そちらに移るつもりです」

「あてはあるのですか?」

「あるといえばありますし、ないとも言えます。ですが、ご心配なく。——落ち着きましたら、あの書肆の店主に文を送ります」

景雲の表情は、晴れやかに見えた。

別れの時だ。蒼月は、改めて幼馴染《おさななじみ》の顔を見て「あ」と声を上げた。

「いけない、忘れるところでした。景雲。次に会えたら渡そうと思っていたのです。陶国へも寄りますでしょう? あぁ、もっと大事なことを。——これもお返ししないと」

まず、飴《あめ》が入った袋と、銭の袋とを景雲に渡した。最後に、守り刀を。

「ご迷惑でなければ、その匕首《ひしゅ》はどうかお持ちください。趙家の誇りは、王家の皆様をお守りすること。そうしていただけますと、父祖の霊に恥じずに済みます」

景雲は「勝手ながら」とつけ足し、丁寧に頭を下げた。

ここは彼の思いを汲《く》むべきだろう。守り刀を再び帯に挿す。

「……わかりました。趙家の勇者に守られていることを、我が身の誇りとします」

「ありがとうございます。——蒼月様、こちらは飴ですか?」

頭を上げた景雲が、二つの袋のうちの一つの中を確かめて尋ねる。

「えぇ。皆に渡してください。さぞ大きくなったことでしょうね。けれど、まだ幼い頃の姿しか思い出せません」

景雲は「ありがとうございました」と言うと深く頭を下げた。

飴だけでなく、銭の袋も押し頂いてから懐に収める。

「お気持ち、ありがたくいただきます。——この九年、生き恥を晒《さら》す自分を責め続け、死に場所を求めて参りました。名誉ある死だけが己を救うと信じて。ですが……貴女様と再会してから、己の誇りを取り戻すことができたように思います。いずこでなにをしていようと、私は趙家の男子です」

あまりにも多くを失いすぎた。

生き残った者は、気の咎《とが》めをいつでも感じ続けている。背負い続ける罪なき罪だ。正しい理由のもとに、贖罪《しょくざい》を果たして死にたいと願う気持ちは、痛いほどわかる。

「忘れないでください。貴方が無事でいることが、私の喜びです」

「僭越《せんえつ》ながら、私も同じように思うております。蒼月様の幸いが、我らをどれほど励ますか知れません。どうぞ、ご自身の幸いを恐れませぬよう」

優しい言葉だ。蒼月は涙をこらえ、かすかに笑んだ。

「努力します。——お元気で。便りを受け取る日が楽しみです」

最後に景雲は、恭しく拱手《きょうしゅ》の礼をすると背を向けた。

数歩歩いたところで、振り返る。

「蒼月様、お許しを。嘘を申しました。──弟妹は皆、冥府《めいふ》におります」

パッと頭を下げたあとは、また背を向けて歩き出す。

胸が痛い。優しい嘘は、さぞ彼の心の咎めになったことだろう。

「景雲！　朝晩、欠かさず皆の冥福を祈ります！」

「飴は、皆で分け合います！」

景雲は、振り返ってそういうと、今度は振り返らずに去っていった。

角を曲がり、その姿が見えなくなる。

(玉釵先生も、同じように思ったのだろうか)

再び川面を見つめながら、蒼月は思った。

会った時間も、交わした会話もわずかだ。玉釵先生の思いなど、蒼月には知る由もない。

だが、生き残り、生き続けることへの気の咎めが、彼女を追い詰めたのではないか。そんな気がしてならない。

玉釵先生が燃やし損なった原稿には、遺臣らが珠姫《じゅき》を訪ねてくる場面がある。

蒼月は、不思議な縁で手元に戻ってきた原稿を開いた。

──悪王の行幸は、千載一遇の好機でございます。

──姫様、どうぞ無念を晴らされませ。

珠姫は、その場ですぐ決断はしない。

迷うのだ。復讐《ふくしゅう》は正しい道なのか？　と。

玉釵先生自身も、珠姫も、迷った。

作者は答えを出して死んでいったが、珠姫の選択は灰となり、いまだ答えが出ていない。

（珠姫は、どんな道を選ぶのだろう？）

書かねばならない。

それが、生き残った蒼月の役割だ。

（書かねば──珠姫の選択を）

蒼月は胸に原稿を抱きしめ、強く決意したのだった。

そして──休暇が明け、二ヶ月余が過ぎた九月下旬のある日。

「……書けません」

机に突っ伏した蒼月は、今日何度めかの弱音を吐いた。

「はいはい、その泣き言は百万回めですよ。お腹いっぱいです。手を動かしてくださいませ。お茶を淹《い》れて差し上げますから。……休暇明けからすっかり腑抜《ふぬ》けてしまわれて」

ふぅ、と呆《あき》れ顔の朱莉《しゅり》がため息をつく。

蒼月は机から顔を上げたものの、呆然《ぼうぜん》としたまま動けない。

「書ける気がしない……」

「そうは言っても『火竜昇天《かりゅうしょうてん》』『康州物語《こうしゅうものがたり》』と仕上げて、残るは『架月黛山』と『瑠璃園《るりえん》物語《ものがたり》』だけじゃないですか。この調子じゃ、他が手につかないんですから、腹をくって『架月黛山』の写本を始めるか、いっそ諦《あきら》めるか──」

「ダメです！　それだけは！」

「じゃあ、書くしかないですよ」

わかっている。わかっているのだ。

朱莉の言うとおり、諦めるか、書くしかない。

「……書かなきゃいけないんです」

「それも百万回聞きました」

御苑内に、あの襲撃の詳細は知られていない。

朱莉にも玉釵先生のことは詳しく話していなかった。縁があって、病に倒れた作者から続きを書いてほしいと頼まれた、とだけ言ってある。

「書かなくては――」

まだ、『架月黛山』は一文字も写していない。

腑抜けてはいても、理性は残っている。

統天《とうてん》の儀《ぎ》まで三ヶ月を切った。残る物語は二つ。『瑠璃園物語』は確定として、もう一作品を『架月黛山』にするか、別の作品にするかを決めかねているだけだ。『架月黛山』

を書かない選択をした場合の、候補作も絞ってある。

「どうぞ。今日の茶菓子は瓜《うり》の種ですよ。お好きでしょう？」

目の前に置かれた茶杯から、豊かな香りが上ってくる。

瓜の種を、かり、とかじると苦味が口に広がった。

窓から見上げた空に、うろこ雲が広がっている。

「なにが正しいのか、わからないのです。珠姫の選択が……わからない」

「わかりゃしませんよ、そんなこと。蒼月様が、そうと書いたら、それが珠姫の選択になるんです。物語なんですから」

この筆で、珠姫の決断を書かねばならない。そんなことはわかっている。

蒼月は、髪をくしゃくしゃにして、また机に突っ伏した。

「……書きたいのに」

書かねば、前に進めない。

結局その日は、ほとんど作業が進まなかった。

このところ、そんな日ばかりが続いている。


はぁ、と蒼月はため息をついた。

空には月がかかっている。

蒼月は花養舎《かようしゃ》の房の窓辺で、明るい月を見上げていた。

(このままでは、間に合わなくなる)

悩みに悩み、この時間まで無為に過ごしてしまった。

腑抜けている、という朱莉の言葉ももっともだが、頭はずっと空回りを続けていて、常に疲労はある。眠りも浅いし、食欲も落ちてきた。

(『架月黛山』の続きを書くのは、退職後にすべきなのかもしれない)

ちらりと妥協案は頭をかすめる。だが、踏み切れない。

六つの物語は、六人の賓華に贈られる。

皇帝からの贈り物だ。多くは長く保管されることだろう。

(あの物語を、後世に残したい)

だが、それはあくまでも個人的な感情だ。書きあがらない名作と、完成した物語。価値は比べるまでもない。

(明日には決めよう。『架月黛山』を、書くか否か)

重いため息をつくはずが、その前に、ぐぅ、と派手に腹が鳴った。

忘れていた空腹を、身体が思い出したようだ。そういえば、夕食もまだだった。「そこに置いておいてください」と答えた記憶がある。

扉を開ければ、膳《ぜん》が置いてあった。

青菜の羹《あつもの》を、まず一匙《さじ》。冷め切ってはいるが、疲れた頭と空腹にはじんわりと沁《し》みる。

とんとん、と扉が鳴った。

「――すみません、まだ食事の途中です。膳は朝までに戻しますので」

もぐもぐと口を動かしつつ答えると――

「私だ」

男の声が返ってきた。――叡泉だ。

ごくり、と青菜を急ぎ飲み込む。よりによって、なぜ今なのか。

「も、申し訳ありません！　どうぞご容赦ください！」

悩みに悩んだあとである。髪は大いに乱れ、人前に出られる状態ではない。

「どうした？　なにがあったのだ？」

「いえ、あの……なんと申しましょうか……多少、お見苦しい状態と申しますか……」

「それは気のきかないことをした。申し訳ない」

「とんでもない。御苑に侍《はべ》る身でありながら、心得違いをいたしました」

「すぐに戻る。無礼はこちらの方だ。許せ」

扉から、紙が差し込まれた。

（あぁ、いけない。すっかり忘れていた）

このところ『架月黛山』のことばかり考えていて、直筆の文のことは頭から抜け落ちていた。そうだ。これも贈り物に欠かせない大事な要素である。

「拝見いたします。——あの……休暇中は、勝手をいたしました。申し訳ございません」

「いや、貴女《あなた》には助けられた。礼を言う」

叡泉は、蒼月の謝罪に対し、穏やかな礼を返した。

「とんでもない。こちらこそ、叡泉様がいらっしゃらなければ、人籠《じんろう》に入れられていてもおかしくはありませんでした」

「そうだな。たしかに肝が冷えた。だが、貴女の助けがなければ、こうは進まなかった。——あの時、華詩山《かしざん》は晏国軍に囲まれていたのだ」

蒼月は驚き、すぐ寧堅が公開処刑中止の直後に「国境の晏国軍も退いた」と言っていたのを思い出した。華詩山は岱の西部にある銀山で、中原有数の産出量を誇る。

「既に兵は退いたと――隆国の王子に聞きました」

「あぁ。こちらが一筋縄ではいかぬと判断したのだろう。あの芝居が効いた。十重《とえ》二十重《はたえ》に策は用意してあったが、一重破られれば十人死に、二重敗れれば百人死ぬ。三重になれば千人。――あの時は、それだけの危機だった。犠牲者の数があれだけで済んだのは、貴女の功だ」

晏国らしい力押しである。黒爪党の襲撃を、岱の遺臣保護のせいだと糾弾し、罪なき遺臣らの公開処刑ばかりか、国境を侵す準備さえ進めていたのだ。

叡泉は、魯家の血濡《ちぬ》れの剣を見事にかわした。

鮮やかな手際であった。蒼月は感動を新たにしつつ、

「此度《こたび》の件が収束いたしましたのは、遺臣らを思い、自ら動かれた叡泉様の御心《みこころ》があればこそ。私の功など、ささやかなものでございます」

と思ったままを口にした。称《たた》えられるべきは、彼の知恵と勇気だ。

「――暴発自体を防ぐことができなかった。悔いは残る」

ふぅ、と叡泉が深く息を吐いた。

「隆国邸は、晋将軍の学問所の隣にございます。部屋の窓から聞こえる子供たちの声が、一時は絶えておりましたものを。事が収まったのちは、再び元気な声が聞こえるようになりました。叡泉様のお働きがなければ、こうはいかなかったはずです」

「おぉ、そうか。皆、元気でなによりだ」

「熱心に学び、多いに遊んでいるようでございました」

叡泉の眉間《みけん》の憂いが、わずかに減った。

「暴力による晏国への報復を止めるべく、今は手探りの状態だ。学問所も試みの一環として始めた。微力だが、無力ではない——と信じている。己の力の弱さを恐れず、一つ一つ、できることを積み重ねていくつもりだ」

真摯《しんし》な言葉だ、と蒼月は思った。

隆国邸の、窓の外から聞こえる子供たちの明るい笑い声。あの明るさを齎《もたら》した強い意志を、誰が無力だなどと言うだろうか。

「尊いお志でございます。……遺臣らの困窮や、晏国への報復ほど胸の痛むことはございません。あの学問所で育った子らが、怨《うら》みを忘れ、未来に向かって進むことこそ——」

黒爪党の襲撃後、惨劇の様子が生々しく脳裏に蘇《よみがえ》る。

蒼月は、言葉を止めて涙をこらえた。

あの明るい声の子供たちが、いつか正しく学問を身につけ世に出ていく。その頃には、怨みの連鎖が断ち切られていてほしい。

黒爪党にも、玉釵先生にも。もう誰もがならずに済めばいい。

「――そうだな。私も皇太子には、でき得る限り明るい未来を譲りたい」

言葉につまった蒼月を急《せ》かすことなく、叡泉は優しい口調でそう言った。

（玉釵先生に、お伝えしたかった）

死んでいった黒爪党や、その旗頭にされた玉釵先生。それから蜥蜴。

彼らに、これほど真摯に滅びた国々のことを考え、動く人がいるのだ、と教えたかった。

凶行を止められた、とまでは思わない。だが、暗闇の中の一条の光が、心を照らすこともあるはずだ。

（第七帖の後半で、珠姫は養子を迎えていた。守り刀を託して……）

怨みの連鎖を断ち切り、次代に明るい未来を譲りたい。――珠姫とて、きっとそう望んだはずだ。そうでもなければ、死を覚悟した者が、養子など迎えはしないだろう。

（――あ）

この時、蒼月の心の痛みと憂いが、物語と重なった。

靄《もや》のかかっていた視界が、さぁっと晴れる。

物語に度々登場する、黛山《たいざん》からの清々《すがすが》しい眺めのように。

玉釵先生が、本当に望んでいたもの。蒼月には、珠姫の選択の行方が――見えた。

「叡泉様！　私――あの、急ぎの用事がございまして……恐縮ですが、作業に戻らせていただきます。添削は後日改めまして！」

蒼月は、机までのわずかな距離を、走った。

叡泉がいつ帰ったのかは、確認していない。だが、すぐに立ち去ったことだろう。

頭の中で、珠姫が動き出す。そうして――気づけば朝が来ていた。


翌朝、蒼月は幻の第八帖の原稿を手に、そう言った。

「――見えたんです」

「それは素晴らしい」

朱莉は、パチパチと拍手をしたあと「で、なにがです？」と聞いてきた。

「まず、ここまでの流れをまとめますと――数奇な運命に翻弄《ほんろう》された姉弟は、月夜の再会で悪王への仇討《あだう》ちを誓いあいます。二人はそれぞれ、仇討ちまでの期間に身辺整理をするわけですが――断ち切って減らしていくはずの人間関係を、珠姫は一つだけ、新たに増やしているんです」

「第七帖の最後で、実母も養母も悪王に殺されてしまった、阿瑜《あゆ》のことですね？」

「はい。残りの頁《よう》が少ないにもかかわらず、です。意味がないとは思えません」

朱莉は、つぶらな瞳《ひとみ》を何度かまたたき「思えません」と同意を示した。

「うーん……でも、子供がからむと読めなくなりますね。復讐《ふくしゅう》に突っ走ったのか、迷いに迷って復讐したのか、迷って思い留《とど》まるのか……」

「これを見てもらいたいのですが――」

蒼月は、机の上に第八帖になるはずだった原稿を開いた。

前半部分は、比較的読み取れる部分が残っている。

「ふむふむ。国王の行幸が決まって――遺臣団が珠姫をせっつきに来て――山賊の側近と、今後のことを話してますね。この側近が好きなんですよ。渋くて、有能で、眼帯とかもグッときますよね。――それから、弟の伯秦《はくしん》と話して――あぁ、そのあとはごっそり破かれちゃって……次は、もう暗殺の場面になってます」

「黛山の深い谷に、琴の音が幽《かす》かに響く。悪王が『斯様《かよう》な山道で、なんと雅《みやび》な琴の音を聞くものか』と馬を止めさせます。珠姫は美しく着飾り、ひらひらと舞いながら王の油断を誘うのですが――ここも大きく破かれていて、あとは暗殺を決行した全員が死んでしまった、とわかるばかりです」

うーん、と朱莉は腕を組んでうなった。

「それで、蒼月様の目には、なにが見えたんですか？」

「姉弟が、決行前夜に酒を酌み交わす場面で、珠姫は阿瑜を連れていっています」

蒼月は、一文を指さした。

「ここですね。馬が巧《うま》くなった、と珠姫が阿瑜を褒めてます。……あれ？　珠姫は、弟に会いに行くときは、いつも一人で忍び込んでいませんでした？」

「珠姫は山賊ですからね。官途についた弟の邪魔はできません。それなのに、馬もまだまだ未熟な阿瑜を連れていった。推測になりますが、ここで珠姫は阿瑜を伯秦に託した――とは考えられないでしょうか？」

筆庵会から原稿を託されて以降、穴の開くほど原稿を読み続けてきた。

書かれたこと。書いて燃やされたこと。書かねばならぬこと。

玉釵先生と、珠姫と、自分。

必死に考える余り、今や境界が曖昧《あいまい》になりつつある。

「阿瑜を伯秦に託す。――蒼月様には、それが見えたんですね？」

蒼月は「はい」と力強く答えた。

「燃やさねばならぬほど、玉釵先生は物語の結末を嫌っていました。一枚一枚、許せぬ順から燃やしたとすれば、やはり最後の一夜が鍵《かぎ》になると思っています」

　襲撃を受けて酒楼に隠れた時、蒼月は倒れた玉釵先生を助け起こし、その死の直前まで傍にいた。あの時の言葉が今も耳に残っている。「――だけは、死なせたくない」。

　あの時は、彼女が仕える王女のことだとばかり思っていたが。

「消したかったのは、弟の伯秦と会いに行ったところから……ですか」

「ええ。恐らく、玉釵先生の後悔は、復讐を決行したことそのものではなく、伯秦を道づれにしてしまったことではないか、と思うのです」

　あれは、弟のことを言っていたのではないか、と今は思うようになった。

　弟だけは、助けたかった。

　だが、願い空しく蜥蜴は姉を庇《かば》って死に、思いつめた玉釵先生もあとを追った。誓いは守られたのだ。死さえも二人を分かたなかった。

　珠姫と玉釵先生が、重なる。

　玉釵先生が、燃やしてまで打ち消けそうとしたのは、弟の死ではなかったろうか。

「……蒼月様。私もわかる気がします」

　朱莉は、自分の机の前に立った。さっと袖《そで》をまとめて筆を構える。

「では、決行前夜。月夜に杯を交わすところから始めましょう」

生き延びた者が等しく背負う、生への罪悪感。

身を捨て、暴君に立ち向かうことでしか癒《い》えることはない。だから珠姫は、死地に赴く。

だが——弟だけは。

「はい。いつでもどうぞ」

朱莉の声が、遠く聞こえる。

蒼月の眼前には、黛山にかかる皓々《こうこう》とした月と、二つの酒杯が見えていた。

『伯秦、そなたは残れ。阿瑜を頼む』。杯を何度か重ねたあと、珠姫は伯秦に言います。もちろん、伯秦が受け入れるはずもありません。伯秦は、黛山にかかる月を見上げて姉に言います。『我らの魂は二つで一つ。生きるも死ぬも、互いを分かつことなかれ。お忘れですか？　姉上様』。杯を重ねつつ、珠姫は涙を見せます。伯秦は姉の涙にやむを得ず、いったん説得を受け入れるふりをします。計画は既に決まっている。阿瑜は誰ぞに託し、あとで追いかければよい、と。——しかし、誰よりも弟をよく知る姉にはお見通し。伯秦は薬を秘《ひそ》かに盛られ、眠ってしまいます。『許せ、弟よ。私は怨みに殉じるが、そなたはどうか怨みを忘れ、この町を守ってほしい。そなたならばできる。——私とは、違う選択を』」

そこから一ヶ月半余りの、蒼月の記憶は曖昧である。

蒼月は、ことり、と筆を置いた。

ついに物語を書き終えたのだ。『架月黛山』は、以下のように幕を閉じる。

――暗殺を決行した有志らは、全員が散っていった。悪王は、珠姫のつけた傷がもとで半年後に死亡。伯秦は約束どおり町に善政を敷くも、激務のために老いを重ねる前に死んでしまった。

月夜の墓所に、青年が一人。叔父《おじ》のあとを継いで町を治める阿瑜だ。

黛山に月はかかり――

『今宵《こよい》も、静かに栄える町を見下ろしていた』」

物語の最後の一文を、蒼月は口に出して読んだ。

呆然《ぼうぜん》としたまま、完成した物語を運び、書蔵庫で署名をする。

「つつがなく、所蔵いたしました」

扉が閉まった時、蒼月は胸に手を当て祈っていた。

（玉釵先生、蜥蜴さん。どうぞ安らかにお眠りください）

やっと、正しく姉弟の魂を見送れたような気がする。

長い旅が、終わった。

この一ヶ月半、蒼月は玉釵先生であり、珠姫であった。名状しがたい思いがこみ上げ、涙はあとからあとから、頬をつたう。

書蔵庫の前で、ずいぶんと長く泣いていたような気がする。

中庭に面した廊下に立った時、蒼月は気づいた。

(……風が冷たい)

気づけば季節が、いつのまにやら移ろっている。

秋である。ついこの間まで、まだ入道雲が浮いていたような気がするのに。——いや、違う。入道雲が浮いていたのは、黛山の谷の道だ。

様々な記憶が、覚束ない。

毎日たしかに出勤し、仕事をし、退勤し、食事もしていたはずなのに。むしろ、鮮やかなのは黛山の深い森の風景の記憶だ。

「そろそろ戻りましょう、蒼月様。お茶の時間でございますよ。茶菓子を倍いただけるのは嬉《うれ》しいですが、やはりご一緒したいです」

ふと横を見れば、朱莉がいる。

「朱莉……」

「なんですか、その久しぶりに会ったみたいな顔。ほら、まだ一作品仕事は残っておりますよ。明日から観楓《かんぷう》の宴なんですから、今日のうちに少しは進めておきましょう」

「観楓の宴？」

「あぁ、もう。やっぱり忘れてらっしゃる。しっかりしてくださいよ」

「だって、私は尚書ですよ？」

観桜の宴と、観楓の宴は離宮で行われる恒例の行事だ。

しかし、それは賓華と尚殿《しょうでん》、妃嬪《ひひん》と尚黛《しょうたい》が赴くもので、尚書の蒼月には関係がないはずである。さすがに、そこまで呆《ぼ》けてはいない。

「秘書小監《ひしょしょうかん》は全員参加。これ、説明するの五回めですよ？」

そうだったような気もするし、そうでなかったような気もする。だが、朱莉がそういうならばそうなのだろう。

(他にも、たくさん忘れているものがある気がする。……いえ、きっとある)

ぼんやりとしたまま、書房に戻る。

文箱《ふばこ》を確認すれば、存外、書類を溜《た》めてはいない様子だ。

「それ、処理したの私ですからね？」

「……え？　本当ですか？」

「取り憑《つ》かれたみたいに物語に入ってしまって、周りは大変だったんですから。昼は私がなんとかしましたし、外苑《がいえん》では輝夕《きゅう》さんがなにかとお世話されてたようですよ」

そう言われてみれば、最近、輝夕に何度も会っている。

会っているはずなのだが、なにを話したのかはよく覚えていない。

「とても……迷惑をかけた気がします」

「それ、気のせいじゃないですから、お礼をなさった方がいいですよ。お優しい方ですね、輝夕さんは。――あぁ、そうだ。花養舎に戻られたら、文箱を確認なさってください。輝夕さんが、勝手に触れるわけにはいかない文が一つある、とお困りでしたから」

そうだ。

なにかを忘れている気がする。

（とても大事な――）

蒼月は、六つの物語を統天の儀までに揃えねばならなかった。残るは一つ。余裕はあまりないが、日程的に間に合うはずだ。

（物語と……そうだ、直筆の文！）

パッと、叡泉の顔が浮かぶ。

「どうなさいました？」

「忘れてた――」

蒼月は、ガッと頭を抱えた。

直筆の文を書いてもらうために、叡泉から草案を受け取っていたのだった。

――放置している。それも一ヶ月半にわたって。

蒼月は青ざめた。筆匠として仕事を請け負っておきながら、なんという体たらくか。焦りが、完全な覚醒《かくせい》を齎《もたら》した。その日、蒼月は朱莉が呆《あき》れるほど、精力的に仕事をこなしたのであった。

燃える紅葉が、池泉の畔《ほとり》を縁取っている。

ここは瑠璃園《るりえん》。観楓の宴が間もなく始まろうとしていた。

蒼月は、春に叡泉と約束を交わした楼殿《ろうでん》の窓辺で、楓《かえで》を眺めていた。

――彼《か》の楼殿で待つ。

輝夕を困らせた一通。文箱の一番上に載っていたのが、叡泉直筆の文だった。妙に右に傾く癖は健在だが、そこに秩序がある。五銖銭《ごしゅせん》を横に置いて書いたに違いない。

（なにかが足りない……）

いつもならば、瑠璃園の美しさに見惚《みと》れるところだが、今日ばかりは表情が暗い。いっそ苦悩が滲《にじ》んでいた。

（なにが足りないのだろう……）

なぜならば、賓華に送る文の下書きの出来に満足していないからだ。

頭を抱えているうちに、コンコン、と扉が鳴った。

「すまない、待たせた」

キィ、と扉が開き、叡泉が現れる。今日は冕冠《べんかん》もなく、刺繡《ししゅう》のない青い袍を着ていた。察するに、またどこかに影武者を配しているのだろう。

「叡泉様。——ご機嫌麗しく。先日は、大変申し訳ありませんでした」

蒼月は立ち上がり、拱手《きょうしゅ》しつつ頭を下げる。

「謝罪はよい。多忙だったようだな」

「叡泉様の比ではございません」

「最後の草案も書いてきた。統天の儀まで時間も少ないが、よろしく頼む」

叡泉が出した草案を受け取り、開く。

「拝見いたします。——あぁ、文字の方は、もうこのままで問題ありません」

開いた途端に、蒼月は笑顔になった。

バラバラだった字は、見違えるように整っている。癖は癖として、実に誠実な字だ。

「そうか。これのおかげ——いや、太師《たいし》のおかげだ、礼を言う」

叡泉は、卓の上に五銖銭を置いて笑顔を見せた。

もともと勤勉な人である。簡単な梯子《はしご》一つで、すいすいと壁を上がっていったようだ。

「ご自身の努力の賜物《たまもの》です。――では、こちらの草案はお預かりいたします。離宮におります間に、下書きをお渡しできるようにいたします」

離宮にいる間に文の下書きを渡せば、叡泉が花養舎に来ることもなくなるだろう。

あとは、六つ目の物語を書蔵庫に収めれば、蒼月の仕事は終わる。

間近で顔を合わせるのも、これが最後だ。得難い経験であった、と改めて思う。

「着いて早々だが、外に出ないか？　また邪魔が入っては困る」

仮に邪魔が入ったところで、もう隆賓華に降格される心配はない。逃げ切りはほぼ確定したようなものだ。

「はい」

だが、蒼月は誘われるまま楼殿を出た。龍《りゅう》の化身と過ごす、最後の時間だ。彼の望むように過ごすのも一興である。

風は涼しいが、陽射しは温かい。

ゆったりと二人は並んで朱赤《しゅあか》の円橋《えんきょう》を渡る。

「先帝が教えてくれた。瑠璃園の池泉の北側は、浮島からの目を気にせずに済むそうだ」

「……それは初耳です」

蒼月は、横を歩く叡泉の顔を見た。叡泉は、当時のことを思い出しているのか、辺りを眺めて目を細めている。

「なにかと、自由な方だったからな。私も宴に合わせて、何度も呼び出された。寺からだぞ？　境の浮島の岸にさえ上がらねばよいから、舟で見張りをせよと。……他の妃嬪の機嫌を損ねぬよう、配慮が必要だったそうだ」

「奇遇でございます。私も、隆賓華様をお守りすべく、この辺りで桜に隠れつつ見張りをしておりました。――人目を避けるのには、たしかによい場所でございますね」

先帝が亡くなる前年の、観桜の宴のことを思い出す。

他の賓華や妃嬪らばかりか、尚殿、尚黛の目も盗みつつ、先帝と先代の隆賓華は池泉に舟を浮かべて語らいの時を過ごしたのだ。

先帝が自ら櫂《かい》をこぎ、仲睦《なかむつ》まじく過ごす姿は、今も目に焼きついている。

（もしや、あの時、叡泉様も近くにいらしたのだろうか。――いえ、まさか。物語でもあるまいし）

先代の隆賓華が先帝の寵《ちょう》を一身に受けた期間は、一年に満たない。

叡泉が見張りをさせられたのが昨年であればいい。だが、それ以外の年であれば、相手は別の嬪妃ということだ。

時期を、蒼月はたしかめなかった。

先代の隆賓華は、今も大切に思う人である。彼女以外の嬪妃と先帝が過ごした話など、耳に入れたくなかったのだ。

「ちょうどいい。舟に乗らないか。畔《ほとり》を歩くよりも、人目は避けられる」

叡泉が示したのは、畔に繋《つな》がれた小舟である。船頭の姿もない。

(漕《こ》げるだろうか……)

さすがに、皇帝に舟を漕がせられないが、勝手もわからない。

「わかりました。……なんとか、やってみます」

頭で考えながら、手を動かしつつ腕をまくると、叡泉が笑い出す。

「私が漕ぐ。その構えでは、前に進みそうにない」

「進めるかもしれません――が、もとの場所に戻る自信がありません。お任せさせてくださいませ」

任せろ、と叡泉が言うので、任せることにした。僧侶《そうりょ》と采女《さいじょ》ならば、さすがに前者の方が腕力もあるだろう。

先に乗った叡泉が、手を差し出す。

恐れ多い、との言は省いて、手に手を重ねた。

——指一本触れぬ。

その言葉がハッと頭に浮かぶ。

「『今のは——』」

二人で同時に、言い訳のようなことをしかけて、止めた。

取り立てて意味のないことだ。

互いに笑い、腰を下ろす。

器用なもので、叡泉は縄をとき、櫂を操って池泉に漕ぎだした。先帝にいいように使われていたのは、本当だったらしい。

存外強い力で舟は進み、半ばまで来て速度が落ちる。

水面《みなも》に映る紅葉の美しさは見事なものだ。

しばし見惚れる。このところ、目に映るものといえば紙と筆くらいのものだった。

「一つ——聞いても構わないだろうか」

目を正面に向ければ、叡泉は水面を見つめていた。

紅葉が映っているわけでもない、ただの水面だ。鯉でもいるのだろうか。

「はい。どうぞなんなりと」

蒼月は目で鯉を探しつつ、返事をした。

「立ち入ったことを聞いてすまぬが、貴女がそれほど急いで御苑を去りたいと願うのは、なにか——その……誰ぞと約束でもあるのだろうか？」

少しおかしくなって、蒼月は口元に笑みを刷《は》いた。

どうやら退職を急ぐ理由が、叡泉の興味を引いたらしい。

（物語でもあるまいし）

それこそ『瑠璃園物語』ではないか。

幼馴染《おさななじみ》の婚約者を持つ采女の翠羽《すいう》は、定年の日を指折り数えて待っている。

しかし、故郷で待つはずの婚約者は、翠羽が御苑に上がった翌年に熱病で死んでしまう。

傷心の翠羽が三年後の春に出会うのが、清げな貴公子なのである。

「いえ、誰との約束でもございません。隆国王に、采女試験に受かれば、あとは好きにして構わない、とのお約束だけはいただいておりますが」

「関《かん》景雲とは——」

「幼馴染《おさななじみ》です」

「慧信寺《けいしんじ》で、貴女は関と名乗った。なにか、意味があるのかと……」

蒼月は苦笑した。もう二度と思い出したくない一幕である。

「彼の姓は趙氏です。焦る余り、偽名を真似てしまいました。深い意味はございません」

蒼月は笑顔で答えた。景雲に抱く気持ちを、恋に類する名で読んだことはない。彼に恋をしていたのは、二つ年上の姉だ。

「……そうか」

叡泉は、ふむ、といつものようにうなった。

隆賓華から受けた誤解で、降格が重なったからだと伝えれば話は早いが。彼女は大恩ある隆国王の娘で、友情を育《はぐく》んだ先代の隆賓華の妹だ。伝えるつもりは毛頭ない。

「私は、物語を書きたいのです」

代わりの言葉は、自然と出ていた。

「貴女自身が書くのか？」

「はい。物語を読んでいる時だけは、日々の憂さも忘れられます。――幼い頃からずっと、物語の世界は私の救いでした。いつか私も、先人たちの描いたような物語を書いて、誰かの心の救いになれればと――その一心で、お暇をいただく日を急いだ次第でございます」

視線を感じて、横を見る。結局、鯉は見つからなかった。

「貴女らしい理由だな。……采女の多くは、国元に婚約者が待っていると聞いた。てっきり、貴女もそうなのかと」

叡泉は「立ち入ったことを聞いてすまなかった」とわずかに頭を下げた。

生真面目な仕草に、つい笑いを誘われる。

「采女試験に受かった暁には、独り身のまま隠居させていただきます、と隆国王にお約束いただきました。……聞いた話では、どこぞに嫁がせようと手ぐすね引いて待っているそうです。まずはこの難関を突破せねば、悠々自適な隠居生活も叶《かな》いませぬ」

「それは……手ごわそうだな」

叡泉は、ムッと唇を引き結んだ。蒼月は眉《まゆ》を八の字にして苦笑した。帰国後の一波乱は覚悟の上だ。

「ひとまず隆国に戻りましたら、後進を育てるお手伝いをさせていただくつもりです。故郷に戻り、国元の女子に教育を広めるのが采女本来の役目でございますから」

「手に負えぬようであれば知らせてくれ。援護はしよう」

ここまでの言は、いつもならば呆《あき》れ顔をされるところだ。思いがけない叡泉の言葉に、蒼月は声を上げて笑ってしまった。さすがは変わり者で名高い貴人だ。

「心強いお言葉です」

「しかし、貴女のように若い身空で隠居とは。驚いた」

蒼月は笑みを頬に残したまま、少しだけ眉を寄せていた。

「岱に生まれていれば、寺に入ると言っていたかもしれませんが、私は北の生まれでございます。慈照神《じしょうしん》に馴染《なじ》みがございません」

北国には、寺がなかった。浩志国にも、隆国にも。馴染みのない慈照神の教えを書き写すよりも、人に届ける物語を書く方がいい、と子供心に思ったものだ。

「……なるほど。私が寺に迷わず入ったのも、岱生まれゆえか」

「隠居所を構え、そこで一人物語を読み、書き暮らす――寺よりは性に合っているように思います。そこで隠居への第一歩として、采女を目指しました」

「采女試験も楽ではあるまいに。どうしてその道を？」

櫂をゆるゆると動かしつつ、叡泉が問うた。

ずいぶんとあれこれと言葉を重ねた気がする。きっとこうしたやりとりが、叡泉が望んでいた忌憚《きたん》のない会話なのだろう。

これで最後と思えば、つきあうのも悪くはない。

「物語です。『瑠璃園物語』という物語の主人公が、采女でした。憧《あこが》れの気持ちが、試験のつらさを忘れさせてくれたように思います」

「瑠璃園？　ここの話か」

「はい。この美しい離宮が舞台でございます。春爛漫《はるらんまん》の観桜の宴で、清げな貴公子が、美しい采女を見初めるところから物語は始まります。あぁ、そういえば……このあたりはちょうど北の境でございますね」

「待ってくれ。そんな物語があるのか？　観桜の宴で、貴公子が采女を見初める……」

「はい。――なんと美しい女性《にょしょう》か。――なんと清げな貴公子か、と」

蒼月は頬を染めて、浮島を改めて眺めた。

ちょうど先帝と、先代の隆賓華の逢瀬《おうせ》を見守ったあたりだ。それと気づかず、昨年の蒼月は、物語の舞台に立っていたことになる。

「それで？　その話はどうなる？」

叡泉が難しい顔で問うてきた。意外な反応である。

「それは――物語でございますから、様々なことが起きます。ご興味がおありですか？」

「ある」

やけにきっぱりと叡泉は言い切った。

「采女の翠羽は、国元に残した婚約者を病で亡くして、傷心の最中でございます。すぐに恋をする気になれません――貴公子の方は、恋心を抱き、文を送るようになります」

「そうだな。采女相手では、そうせざるを得ない」

「そのうち翠羽も、自分からも文を送るようになります。文の往復は続くのですが、実は翠羽の仕える賓華と、貴公子の父――皇弟が、政治的に対立していることがわかります。

そこからは、政略結婚の噂を聞いて翠羽が傷ついたり、翠羽の国元で別の縁談が進んでいることに貴公子が落胆したりと……いろいろな恋の障害が続くのです」

叡泉は、真剣な表情でうなずいている。

「難しいな、それは。最後はどうなる？」

櫂《かい》を動かす手も、すっかり止まっていた。蒼月は眉を寄せて、

「六つの物語の一つに入れておりいます。あとは賓華様からお聞きになってくださいませ」

と話を打ち切ろうとした。全六帖の王朝絵巻を、手短に説明するなど不可能だ。

「文の往復か……」

まだ叡泉は、『瑠璃園物語』の筋を気にしている様子だ。

別な話題を──と思った蒼月は、

「叡泉様は、寺に戻られて、なにをなさるご予定ですか？」

と問うていた。

岸で見張りに立っているらしい宦官が、そわそわしだしている。残された時間は、おそらく短い。機会があれば、石を贈ってきた意図を尋ねたいと思っていたはずなのに、口から出たのは別な問いであった。

「……そうだな。まずは寺に庵《いおり》を構えるつもりでいる。貴女の隠居所と同じだ」

「大事なことです。終《つい》の棲家《すみか》でございますから。私は池泉のある明るい庭と――」

パッと目の前に広がった光景がある。

夢に描く隠居所と、幼い頃に過ごした浩志国の王宮の庭。

どちらが、どちらか。一瞬、見失っていた。

池泉のある明るい庭。そして物語。自分が長く求めてきたものは、永遠に失われた美しい思い出であったのかもしれない。

「どうした？」

「あぁ、いえ。叡泉様は、どのような庵をお望みですか？」

「手狭でも構わないが……いや、書棚が要る。手狭では困るな。私は、過去の戦史を編纂《へんさん》したいと思っている。悪筆ゆえ半ば諦《あきら》めていたが、五銖銭があれば、叶いそうだ」

「戦史でございますか」

「中原の戦は、今後もっと洗練されていくだろう。戦の研究が進めば、人は次第に――いや、すまない。つまらぬ話だな」

蒼月は、ゆっくりと首を横に振った。

「大変興味深くうかがっております。――いえ、これはお世辞ではなく」

「つまり……正しい戦というものがあると思うのだ」

「正しい戦……そのようなものがございますか？」

「そうだ。戦とは、詰まるとこ無益なものだ。起こらぬのが一番いい。そのためにはなにゆえに戦が起こり、どのように推移し、どのように収束するかを多くの為政者が知るべきだ。そうすればいずれ、人は戦そのものを避けるようになるだろう」

「なりますか」

「なる」

叡泉は、気負わぬ自然さで断言した。

よくわからなかったが、少しだけわかる。

戦を避けるには、戦から逃げるのではなく、戦というものを知り、学ぶことが必要なのだ――と。だが、本当にそんな日がくるのか、蒼月にはわからない。だが、そうなればいい、とは思った。何年、何十年、何百年、あるいは何千年先になったとしても。

「素晴らしいお考えですが……時間がかかりますね」

「そうだな。それゆえ、今できることは今、していくつもりだ。孤児らを育て、遺臣らに職を与え、流民も守らねばならん」

叡泉は眉を凜々《りり》しく寄せ、力強く言った。

今回の襲撃事件が収束した頃、寧堅が言っていた。「中継ぎにするにはもったいない」と。

叡泉は中継ぎであることを理由に、大きな改革は行わない、との方針を取っている。

（お子ももうけられ、地盤を揺らぎないものになさればよいのに）

蒼月も寧堅と同じように思った。思ってから、はたと気づく。

（これではまるで、伯父様の言い様と同じだ）

女の幸せは、夫に従い、子に尽くすことにある——と伯父は言う。

叡泉は、蒼月の将来の夢に呆れ顔をしなかった。さぞ彼も様々な人から呆れられ続けてきたことだろう。数も圧も、蒼月の比ではないはずだ。せめて自分だけは、彼の語る未来に呆れ顔だけはすまい、と思った。

敬意は、敬意のまま伝えるべきだ。意見は要らない。

「私、叡泉様にお仕えできたことを、生涯の誇りにいたします」

彼の高潔な志が救ったものの大きさを思えば、感謝の他に示すべきものはない。自分の目に映った、どの軀《むくろ》も辱められずに済んだ。

あの時、自分や景雲が死んでいたとしても、丁寧に埋葬されただろう。

過去の酷《むご》い死は覆らないが、その安堵《あんど》がどれほど蒼月の心を救ったか知れない。

「なにを言う。ただのハズレくじだ」

「決してそんなことはありません。稀代《きたい》の明君でございます」

世辞はいい、と叡泉は言わなかった。代わりにゆるりと櫂を漕《こ》ぐ。

鮮やかな紅葉が、畔に広がっている。

「いい天気だ」

「観楓《かんぷう》には、よい日和でございますね」

ピィヒョロ、と鳶《とび》が鳴く。

それきり二人で黙ったまま、紅葉を見ていた。

「――すっかり時を忘れていた。そろそろ行かねば」

叡泉が言うので目線を追えば、浮島の畔で宦官が手をさりげなく振っていた。

櫂が大きく動いて、畔に近づいていく。

妃嬪《ひひん》の滞在中はこの浮島の岸が境だ。

(もうすぐ、隔てられてしまう)

舟が岸に着き、叡泉が先に下りて手を差し出す。

なにやら惜しく思えてくる。――ご迷惑でしたら、これを最後の文にいたします、と貴公子から、文で告げられた翠羽のように。

だが、今はまだ蒼月は境の内側の人間だ。残った仕事をやり遂げなくては。

ここで蒼月は、ハッとあることに気がついた。

どういうわけか、目の前の叡泉もハッと息を飲んだ。

「「大事なことを――」」

言い忘れていた。言い忘れておりました。と二人揃って言う。

「先に言ってくれ」

「どうぞ、叡泉様からおっしゃってください」

譲り合いを二度繰り返し、叡泉は諦めたらしい。

（危ういところだった）

これまでの草案を眺めつつ、蒼月は言葉を練ってきた。昨夜などは。眠りを忘れるほど熱心に。

だが、なにか足りないのだ。なにが足りないのか、蒼月にもわからない。

もう少しだけ、言葉が欲しい。叡泉の言葉が。

その叡泉が――

「傍にいてくれ」

と、言った。

（それだ）

それこそ、蒼月が求めていたものだ。

「それです。それです！　叡泉様！」

「……なんだ？」

蒼月は、帳面と新調した筆筒を取り出した。

「叡泉様の草案に足りなかったもの――あぁ、心が読めるというのは本当だったのですね！　そんなわけはないと思っていた心得違いをお許しください。さすがは皇帝陛下。どうしても一味足りなかったのです。――『貴女のような人が傍にいてくれて嬉《うれ》しい』より、『傍にいてくれ』の方がグッときます。それです。それでいきましょう！」

蒼月は、猛烈な勢いで紙に書きつけた。

心残りになりそうだった最後の要素も揃った。これでいよいよ、下書きの完成も近い。

爽《さわ》やかな笑顔で蒼月は「ありがとうございました」と礼を言った。

「礼には及ばん。――その紙を、もらえるだろうか」

「構いません。どうぞ」

帳面を綴《と》じていた糸をするりと解《ほど》き、一枚を渡す。勢いで書きとめはしたが、この文字数と内容ならば、さすがに忘れることはない。

「――貴女自身の字を見るのは初めてだ」

蒼月は微妙な表情になった。

寝起きの顔でも見られたような気分である。

「……やはり、使います。使うことにいたしました。お返しください」

「太師の字だ。手本にしよう」

さっと叡泉は、懐に紙を入れてしまった。

奪い返すわけにもいかず、蒼月は眉《まゆ》を寄せて、

「頑固で変わり者の自覚はあります」

と言っておいた。自分の筆の癖は、把握しているつもりだ。

「筆の癖は、筆の癖以外の意味は持たぬ」

叡泉は笑って、いつぞやの蒼月の科白《せりふ》を繰り返した。

目の端で、また合図を送っている宦官がいる。叡泉を急《せ》かしているらしい。

「あぁ、お引止めして申し訳ありませんでした」

「──聞いてくれ、太師」

叡泉は、改めて蒼月に話しかける。

「はい」

そういえば、叡泉の大事な話を聞いていなかった。

宦官の必死の手ぶりを横目に見つつ、蒼月は早く話を終わらせることに集中する。

「勝手は承知だが、私は、太師に留《とど》まってもらいたいと思っている」

「え――」

「もちろん、今の地位は保証しよう。いや、此度《こたび》の功には報いたい。少なくとも一級はすぐに上げさせてもらう。望む仕事があれば、望むものを選んでくれ。定年までの期間、給与は変わらず出る。退職金もその分上がるし、年金も上がる。決して損はさせない」

「一級――」

蒼月は、深刻な表情で計算を始めた。

四位下一級で今すぐ退職するのと、四位上三級に昇進の上で秘書小監として定年まで留まるのと。どちらがどれだけ得なのか。

(留まれば、二割増)

給与体系には詳しい。一瞬で、具体的な数字は出た。

「答えは急がない。検討してくれ、太師。――統天の儀の夜、貴女に褒美を問う使者を送る。その時に、答えを聞かせてもらいたい」

叡泉は、再び宦官の合図に急かされ、急ぎ足で出ていった。

蒼月もほどなくして、ゆっくりと歩き出す。

(そういえば……あの頃と今は、ずいぶん違っている)

桜咲くこの瑠璃園で、叡泉から逃げ回っていた頃と比べれば、蒼月を取り巻く環境は大きく変化していた。

臨時ではなく、正式な秘書小監になれば、もう隆賓華からの理不尽な仕打ちに耐える必要はなくなる。降格も怖くない。今の職場も好きだ。宿舎の環境も申し分ない。

（どうするべきなのだろう）

蒼月は、悩んだ。

このまま世を捨て、隠居すべきか。快適な環境で、御苑に留まるか。

黒爪党襲撃の際、あれだけ身体を張ったのだ。多少好きに生きることも許されるのではないだろうか？　亡国の王女として、少しは罪滅ぼしができたのではないだろうか？

「蒼月様ー！」

円橋の向こうで、朱莉が手を振っている。

「朱莉。どうしました？」

互いに駆け寄り、二人は円橋の真ん中で落ち合った。

「あぁ、よかった、見つかって。捜しましたよ。ふだん文典殿《ぶんてんでん》からお出にならない蒼月様にご用だという方が列をなしまして。大変なんです。――まずは……」

朱莉は、帳面に用事を書きつけていたようだ。サッと取り出し読み上げ始めた。

「聞きましょう」

「あぁ、なにはともあれ、これが最優先です。晏賓華様が『暇だから、愚にもつかぬ話で構わないから語りに来い』と。それから『傍づきの采女《さいじょ》が役立たずゆえ代筆をせよ』」

「そんな無茶な！　というか、愚にもつかぬ話ってなんです？　面白くない話なんて、この世にありませんよ！　どこかしら面白さが――」

「わかりました。わかりましたから。それから隆賓華様から『これまでの非礼は謝るので、代筆を頼みたい』と――」

「はいはい、のちほど伺います。最後尾ですね」

「そうしておきました。あとは、代筆の依頼が、一つ、二つ……とにかく、たくさんたまってます！　返礼に故郷の物語を要求しておきました」

「わかりました。基本的にすべて受けてください。ええとまずは――」

ひとまず、賓華らのいる部屋に向かわねばならないだろう。

「急いでください。晏賓華様が衝立《ついたて》を破壊しまして――」

「なんで衝立を⁉」

「わかりません！　侍女の方に、早く来てくれと叩頭《こうとう》されました。以前は傅女《めのと》が宥《なだ》め役だったそうですが、今、一番頼りになるのは蒼月様だと」

足を急がせながら、蒼月は考える。

あの『架月黛山』で、珠姫は阿瑜という未来を託すべき存在を持っていた。

あれは玉釵先生にとって物語であったのか。あるいは――偽りの顔で近づいた姫君であったのか。

「まったく納得いきませんが、急ぎましょう！」

玉釵先生に、子守まで頼まれた覚えはないが。なにやら、まだ縁を感じてはいる。

瑠璃園の美しい風景の中を蒼月は走った。

定年までいれば、給与も上がる。もっと物語が手に入る。隆国王と約束を確認する時間を稼ぐことができる。

いくらでも、留まる利点は出てきた。

――太師に留まってもらいたいと思っている。

もっと悩むものかと思っていたが、もう答えは出たようなものだ。

なにより蒼月は、理解者に恵まれない、あの石好きの孤独な貴人が嫌いではない。

池泉の畔を鈍く走りつつ、蒼月の顔は晴れやかだった。

跋　月下に杯を干す

貞至《ていし》五年十二月二十五日。

統天《とうてん》の儀《ぎ》において、六つの物語が六人の賓華に贈られた。

叡泉《えいせん》直筆の石が頻出する文も、きっと添えられていたころだろう。

甄蒼月《しんそうげつ》が、正式に秘書小監に任じられたのは、その翌日のことであった。

秘書小監は文典殿《ぶんてんでん》に書房を構え、二人の専属の部下を持つことができる。

自然の流れで、蒼月は朱莉《しゅり》を指名した。残る枠は一つ。この報に、一部の采女たちは色めき立った。昇進の好機である。

「お忙しいんですから、私にお任せくだされればよいのに！」

「紙は、自分の目でたしかめたかったのですもの！」

手に紙の入った箱を抱え、蒼月と朱莉は騒がしく内苑の庭を歩いている。

年始に、叡泉が東六殿《とうろくでん》、西九舎《せいきゅうしゃ》に対し送る賀状の準備をするためだ。蒼月はこの賀状の代筆を頼まれていた。

「秘書小監は一言で済むんですよ。年始の賀状に使う紙を選びたいって。そうしたら、照《しょう》典庫《てんこ》の宦官が、相応《ふさわ》しい格の紙を抱えて飛んできますから」

はぁ、と朱莉がついたため息が白い。

朱莉の袍《ほう》は、浅藍《あさあい》から紺色に変わっていた。

「次はそうします。陛下のお気持ちが伝わるものを選びたくて、気が急きました」

「そんなに陛下のお気持ちを汲《く》みたいのでしたら、蒼月様が佳芳舎《かほうしゃ》に入られればよろしいのに。――あぁ、寒くてたまりません。急ぎましょう」

絶対に嫌ですよ、と蒼月が言う前に、朱莉はさっさと前を小走りに走っていく。朱莉は、岱《たい》南部の出身だ。先月あたりから、毎日寒い寒いと身を縮こまらせている。

雪も降らない冬は、冬という気がしない。

山の峰々が夏まで雪をいただく浩志《こうし》国の寒さが、懐かしく思い出される。

気高いその姿が、たまらなく慕わしい。故郷は今頃、雪に閉ざされているはずだ。

「そうですね。朱莉が凍える前に、急ぎましょう」

笑いながら蒼月は、足を急がせた。

寒い、寒い、と言う朱莉を励ましつつ、文典殿にたどりつく。

文典殿の前に、人がいた。

人の出入りの多い場所だ。気にせず進むうちに、

「蒼月！　昇進おめでとう！」

と明るい声をかけられた。――魏淑苓《ぎしゆくれい》だ。

隆《りゆう》賓華のもとで、同じ采女として働いていた元同僚である。

休み時間なのだろうか。そう言えば、茶器を持った女官たちが歩いている。

「ご機嫌よう、淑苓」

要件など知れている。蒼月はにこやかに会釈をした。

「本当に素晴らしいわ。おめでとう、蒼月。貴女《あなた》は優秀な人だもの。きっと出世すると思っていた。私も、我が事のように嬉《うれ》しい」

歩みを止めぬ蒼月のあとを、淑苓が必死に追いかけてくる。

「ありがとう、淑苓。浅学の身ながら、評価してくださった陛下のお役に立てるよう、励みたいと思っています。でも、一人の力では心もとないものです。是非とも優秀な人に力を貸してもらいたいと思っているのですが――」

「そうなのね？　あぁ、それで相談があるのよ。蒼月……もし、よかったら、私を――」

房の扉の前で、ぴたりと蒼月は足を止めた。

「大事にしているものはありますか？　財産と呼べるような、大切なもののことです」

淑苓の話を途中で遮り、くるりと振り返りつつ笑顔で問う。

「え？」

「貴女がいらっしゃるならば、たっぷりと墨を用意しなくてはいけませんね」

淑苓の顔が、ぴしりと強張《こわば》った。

（やっぱり）

蒼月の本を墨まみれにしたのは、やはり彼女であったらしい。

朱莉が「墨ですね！　すぐにもご用意いたします！」と火鉢の前で明るく応じた。

とんとん、と扉が鳴る。

「お邪魔だった？」

扉から顔を出したのは、紺色の袍を着た堅《けん》国出身の采女・黄輝夕《こうきゆう》だ。

「いいえ！　待っていました、輝夕」

蒼月は、両手を広げて輝夕を歓迎した。

「ありがとう、蒼月。夢みたい。私が尚書になれるなんて！」

「どうか、力を貸してください。貴女のように優秀な方を求めていたのです」

「受けた情に応《こた》えるのが黄家の流儀。決して失望はさせない」

二人は互いの肩を叩《たた》きあう。

ばん！　と大きな音を立て、扉が閉まった。淑苓の高い沓音《くつ》が遠ざかる。

「あぁ、いい気味！」

朱莉が、火鉢の前でくつくつと愉快そうに笑っている。

「綺麗事《きれいごと》では、御苑で生き残れませんもの」

蒼月は、やや人の悪い笑みを浮かべた。

「殴られる前に殴れ、ですね」

「殴られたら殴り返せ、ですよ。それに、殴り返すというほどでもないでしょう」

人を怨《うら》むのは容易《たやす》いが、保身を優先するには加減が要る。大事な財産を奪われた報復にしては、ぬるいものだと蒼月は思う。

「物足りないなら、手を貸すけど？　墨といわず、いろいろ用意できるから」

輝夕が物騒なことを言い出せば、朱莉は手を打って喜んでいたが、蒼月は笑顔で遠慮をしておいた。

蒼月は「さて、始めましょうか」と二人に声をかけ、二人が「「はい」」と声を揃える。

新しい日常が始まったのだ。

——龍《りゅう》の化身が齎《もたら》した幸運は、こうして蒼月の手に収まったのであった。

その夜のことである。

花養舎《かようしゃ》に戻った蒼月は、厨房《ちゅうぼう》で酒を頼んだ。昇進を一人祝うつもりで。

窓辺に立つ蒼月の手には、美しい紅色の璧《へき》がある。

（本当に美しい）

休暇のあと返納したものが、今日、昇進祝いとして再び届けられたのだ。

添えられた叡泉からの文によれば、この璧は珊瑚《さんご》ではなく、空拝山《くうはいざん》で採れる紅空石《こうくうせき》という希少な石であるらしい。

邪を祓《はら》い、悪縁を遠ざける――男よけにするといい、とも書いてあった。

ありがたく蒼月は受け取ることにした。生涯にわたって役立ちそうだ。文鎮は足りているが、美しい上に効能まである石ならば大歓迎である。

月は満ち、空に明らかだ。

酒を注いだ杯をわずかに傾ける。

杯に月を浮かべ、願いを口にしてから飲み干すと、その願いが叶《かな》う――と『瑠璃園物語《るりえんものがたり》』の一節にある。

定年まで、あと二年。

無事に勤め上げ、蒼月は夢の隠居生活に入るのだ。

その暁には、この物語めいた出来事を美しい言葉で綴《つづ》ろう。

——題は、そう、『御苑物語《ぎょえんものがたり》』がいい。

『瑠璃園物語』の采女《さいじょ》は、恋した相手の真心を月に願う。

情緒あふれる、美しい場面だ。

だが、そこは物語通りにはいかぬもの。

蒼月の願いは別にある。

「円満定年退職！　退職金満額支給！　年金永年支給！」

甄蒼月は、気合をこめて叫び——

ぐい、と月ごと杯を干したのであった。

了

【参考文献】

・「新版プロのためのわかりやい中国料理」（著）松本秀夫、辻調理師専門学校中国料理研究室／柴田書店
・「世界を創る女神の物語　神話、伝説、アーキタイプに学ぶヒロインの旅」（著）ヴァレリー・エステル・フランケル、（訳）シカ・マッケンジー／フィルムアート社

あとがき

こんにちは、喜咲冬子《きさきとうこ》です。

このたびは『御苑筆姫物語《ぎょえんひっきものがたり》』お手にとっていただき、ありがとうございます！

今回は三度の飯より物語が好きな、インテリ女子のお話になりました。

采女のいる後宮システムは、ずいぶん前から考えていたものです。いつか後宮の話を書くことになったら、このシステムで書いてみたい！　と思っておりました。

実際のところ、世の中のおおよそのことは男性が作ってきていますので、そんなこたぁないだろう、という話になるのですが。

女性の身体にさほど詳しくはない男性を尻目《しりめ》に、女性たちが自身で血の管理システムを構築し、運営している。柔軟な部分は柔軟で、さまざまなイレギュラーなケースにも対応しつつ。自由な部分は自由で、システム維持の大前提たる信用に関わる部分では、死罪を辞さぬ厳しさがある。——世の中すべてとはいきませんが、御苑の小さな世界がそんな風になっていても面白いのではないかしら、と思っています。

最後になりましたが、イラストを担当してくださいましたアオジマイコ先生、清楚《せいそ》な蒼月《そうげつ》と、美しい叡泉《えいせん》をありがとうございました！

本書が出来上がるまでに携わってくださった皆様、並びに、担当編集様、大変お世話になりました。

そして、本書をお手にとってくださいました皆様に、心より御礼申し上げます。

物語に目のないインテリ女子と、変わり者と噂に名高い皇帝陛下。

二人の、息が合うことも稀《まれ》にあるけれど、基本的にはイマイチかみ合わない関係を、お楽しみいただけましたら幸いです。

シャーベット状の轍《わだち》に苦戦しつつ弥生《やよい》に。　喜咲冬子

お便りはこちらまで

〒一〇二―八一七七
富士見L文庫編集部　気付
喜咲冬子（様）宛
アオジマイコ（様）宛

富士見L文庫

御苑《ぎょえん》筆《ひつ》姫《き》物語《ものがたり》

喜咲冬子《きさきとうこ》

2020年6月15日　初版発行

発行者　三坂泰二
発　行　株式会社 KADOKAWA
〒102-8177　東京都千代田区富士見2-13-3
電話　0570-002-301（ナビダイヤル）

印刷所　株式会社暁印刷
製本所　本間製本株式会社
装丁者　西村弘美

定価はカバーに表示してあります。　◇◇◇

ISBN 978-4-04-073681-5 C0193

平安後宮の薄紅姫
物語愛でる女房と晴明の孫

著／**遠藤 遼**　イラスト／沙月

「平穏に読書したいだけなのに！」
読書中毒の女房が宮廷の怪異と謎に挑む

普段は名もなき女房として後宮に勤める「薄紅の姫」。物語を愛しすぎる彼女は、言葉巧みな晴明の孫にモノで釣られては宮廷の謎解きにかり出され……。「また謎の相談ですか？　私は読書に集中したいのです！」

富士見L文庫

おいしいベランダ。

著／竹岡葉月　イラスト／おかざきおか

ベランダ菜園&クッキングで繋がる、
園芸ライフ・ラブストーリー！

進学を機に一人暮らしを始めた栗坂まもりは、お隣のイケメンサラリーマン亜潟葉二にあこがれていたが、ひょんなことからその真の姿を知る。彼はベランダを鉢植えであふれさせ、植物を育てては食す園芸男子で……!?

【シリーズ既刊】1～8巻

富士見L文庫